JN236014

おもちゃばこ

Toy's Box

Hasegawa Takashi

はせがわたかし

文芸社

おもちゃばこ　もくじ

せいかつ　39

ともだち　71

おしごと

自己紹介

家庭裁判所調査官という仕事をしている。知らない人に話すと、警察官か探偵のような仕事をしていると思われる。家庭裁判所にしかない職種で主として少年事件や家事事件の調査を担当し、調査結果を担当裁判官に報告書として提出する仕事である。国家公務員で全国に約千五百名程度しかいない。

調査といっても基本は当事者との面接で、いかに相手から話を聞き出すかがポイントである。したがって、調査官には人間関係諸科学（特に心理学）の専門知識や社会経験の豊富さが求められる。文章表現力も大切で、報告書の内容は、簡潔、正確、説得力が満たされていなければならない。その他、調査には官公庁や学校へ照会文書を出したり、関係機関の職員との面接などがある。

仕事の内容が内容ゆえ、調査官職種は知的レベルが高い。東大卒、京大卒、早稲田、慶応などはざらにいる。人格円満で抑制がきいており、たとえ調査官にならなかったとしても社会の主要なポジションを占めるであろうと思われる人達である。一方、私は三流の国立教育大卒で大学時代は心理学を専攻していた。心理学といっても仕事に必要な臨床心理や発達心理ではなく、女性心理全般である。任官したのもバブル景気花盛りの頃で、お笑いの特技を生かして見事家庭裁判所に潜り込んだのであった。以来十数年。解雇されずに今日までやってこれたのは、周囲の温かい理解と幸運のたまものである。

自分を入れて家族は五人。妻が一人と子どもが三匹（もとい三人）である。妻は巳年生まれで執念深く、子どもはいずれも聞き分けが悪い。妻と喧嘩をすれば一万年たっても忘れずねちねち攻撃されるので、争いはできるだけ避けている。私が家庭内で自衛の武力しか持っていないのは、どこかの国の軍隊と同じである。子どもに手を上げてグレても困るので、叱るときは頭突きをするようにしている。ためしに一度噛んでみたら、うれしがってせがむので面倒になって噛むのをやめた。

病気になって酒はやめた。飲んでも乾杯のビール一杯くらいだ。でも、ウーロン茶やジュースで馬鹿騒ぎできるという才能を持っている。たばこは好きでよく吸う。車と若いオネエチャンが好きである。深入りすればどちらも身を持ち崩すので、遠くから眺めるだけにしている。泉州地方という大阪南部の柄の悪い土地の出身で口調がきつい。ふだんは温厚だが根は短気である。そのうえ臆病ときているので、車には常に護身用具を積んでいる。万一の時、家族を守るため自宅には護身用のヌンチャクまである。そういう人なので、くれぐれもいじめないようにしてください。

空想癖があって、いつも楽しいことを考えている。生まれ変わったら「007」になりたいと考えている。あれだけ好き勝手して大した怪我もせず、身分はイギリスの国家公務員である。うらやましすぎる。文学には縁もゆかりもないが、「徒然草」だけは好きで、現代まで普遍性を持つ偉大なエッセイを書いた吉田兼好は尊敬している。これからお読みいただく駄文も、徒然なるままにぶつぶつと口ずさんでいることを文章化したもので、深い意味はない。ためしに何人かの知人に読んでもらったところ、意外と評判がよかったので、日記がわりに一日一作ずつ書きつづったものである。

なお、本作には嘘、誇張、創作、でっち上げ等ありとあらゆる虚飾が含まれていますので、内容に激怒した人が「JARO（日本広告審査機構）」に訴えても無駄だということを事前にお断りしておきます。

志望動機

調査官になったのには訳がある。子どもの頃、将来の職業として思い描いていたのは、プロ野球選手やパイロットである。子どもらしい健全な夢であるが、中学生になると自分に実力や体力がないことが自覚できるので、実現可能な選択をするようになる。私の場合、職業選択の基準は二つある。一つは〝カッコイイこと〟。二つめは〝楽ができること〟。あるいは〝実入りがよくて安定していること〟。この二つである。

体力はないが、負けん気だけは強かった私にとって、他人に見栄をはれる職業に就くことがポイントである。経済的な面については、少し説明がいると思う。その昔、日曜日の午後七時三十分から「世界名作劇場」というアニメーションのシリーズ番組を放送していた。「アルプスの少女ハイジ」や「ムーミン」などでおなじみのやつである。この番組で「フランダースの犬」の放送があって、その最終回が私の人生を決定的にかえたのである。「フランダースの犬」は、皆さんご存じの通り、犬と少年との心温まる物語である。だが、偏屈な私はそういう意味に受け取らなかった。最終回の内容はこうである。同居していた祖父が死に、家を追われ、食べ物さえなくなってしまった主人公ネロは、雪の降る寒い夜、教会で愛犬パトラッシュと抱き合ったまま凍死する。有り余る絵画の才能を持ちながら、その実力が認められることなく、死の間際にそれまで秘匿されていたルーベンスの名画を見ることができたことを心の拠り所に天国に召されてゆくのである。おきまりの通り、主人公とごく少数の主要キャラをのぞいて、登場人物は皆意地悪である。それ故、主人公の魂の純潔さが観る人の涙を誘うのである。

私がこの名作から得た教訓はたった一つである。すなわち〝貧乏は悪〟である。これこそ、古今東西すべての矛盾や問題を浮き彫りにしており、話を少々大げさにすれば、地域紛争、宗教紛争、民族紛争にいたるまで現代社会の病巣の根元となっている。「フランダースの犬」で考えると、主人公には何の落ち度もないし、教会で凍死する理由など何一つ見当たらないのである。ただ一つ、主人公が〝貧乏であった〟という理由を除いては。

こうして子どもなりに理論武装した私は、明確な職業選択基準を持って、小学校教師を目指して勉強に励むのである。第一の職業選択基準である〝カッコイイ〟には若干当てはまらないが、二つめの〝経済的に安定している〟には十分合格している職業だと考えたからである。また、相手が小学生であれば喧嘩になっても勝てる。これが中学生以上になると、確実に負ける。私にとって大学とは、教師になるための単なるキャリアに過ぎず、真面目に教育問題など論じている級友など、頭から馬鹿にして冷ややかな目で眺めていた。誤解しないでほしいのは、貧乏人が悪いわけではなく、貧乏を許容している社会体制が悪いのである。この点で経済的な階層を許容している資本主義、社会主義その他のイデオロギーやあらゆる宗教を私は積極的に否定している。

調査官になったのは案外単純な動機であった。大学で五週間の教育実習を終えた私は、何となく居心地の悪さを感じていた。先生と呼ばれることの偽善性に耐えられなくなっていた。私が就職する前年に親しい先輩が調査官試験に合格したこともあって、受験を決意した。全国に千五百名しかいない漢字ばかりの職名は格好いいではないか。就職後、これで私の人生も安泰とたかをくくっていたら、厳しい現実に愕然とすることとなる。以後のドタバタについては、次回に譲りたい。

それから

就職後のことを少し書きたい。

意外に思われるかもしれないが、最初まったくと言っていいほど文章（調査報告書）が書けなかった。家庭裁判所調査官として採用されると、予習期といって採用庁でしばらくなじんだ後、同期生全員、東京の家庭裁判所調査官研修所で合同研修を受ける。この間約三カ月。その後、それぞれ採用庁に戻り、実務修習といって約一年間にわたって、実際の事件を担当しながら修習に励むのである。

事件を担当するといってもずぶの素人であるから、先輩調査官から指導監督を受ける。指導を担当するのが主任家庭裁判所調査官で、民間企業で言えば課長クラスにあたる人達だ。年の頃なら四十代半ばくらいで仕事も脂が乗りきっており、現場の第一線を担っている。仕事ができるのは当然として、指導官として求められるのは教育者としての資質である。社会人になったばかりの半人前の若者の自尊心を傷つけず、教え導いてゆくのは苦労がいる。まして、教育現場ではなく厳しいビジネスの現場であるから、本人の長所を伸ばすのは勿論のこと、ときとして至らない点についての指摘もする。当事者との関係においては、相手に不快感を与えないよう、最低限の身なりや礼儀についての指導もするし、家庭裁判所の法律的手続きについて、誤解を与えないよう正確な知識も身につけさせる。初対面の人の私的な問題に立ち入るのであるから、当事者の感情に配慮した心遣いが必要である反面、限られた時間内で当事者を理解しなければならず、面接技法については相当突っ込んだ指導をする。

大した仕事をしていないといっても、指導を受ける側（調査官補という）からすれば、毎日生活指導の先生から個別授業を受けているようなもので、定時に仕事が終わったとしても極度の緊張から疲労困憊する。私の場合、当事者との面接（調査という）終了後、裁判官に提出する調査報告書を書くのが苦痛であった。というより、ほとんど書けなかった。子どもの頃から作文や詩を書くのは得意だったが、調査報告書は自分の好き勝手に書いてよいという性質のものではない。裁判官が処分を決定するだけの客観性と説得力を満たしていなければならないし、少年理解や当事者理解に至る根拠が明確でなければ、なんの価値もないのである。

大学を卒業するまで、このように分析的な文章を書いたこともなければ、裁判所で出会う少年や当事者は田舎暮らしのボンボンが出会ったこともないような苦労や問題を抱えた人達だ。たった一行の内容を推敲するのに二時間もかかってしまうことはざらで、大げさに言えば調査報告書の記載内容いかんで少年の処分に影響が出てしまうと考えると、おそれおおくて筆がぴたっと止まってしまうのである。もちろん、そのようなミスがないように、指導官から調査報告書については特に厳しい指摘を受ける。指導官の決済印を受けるまで、幾度となく書き直しを命ぜられ、報告書を提出する頃には脳味噌がオーバーヒートしていた。

能力のある人はわりとすんなり修習期間を過ごし、正式に任官して数年もすれば一通りの事件をこなせるようになる。私はどんくさいので、十年程度かかってしまった。「志望動機」の項で書いたように、安楽な生活を夢見て調査官になったものの、現実にオイシイ話などあるはずはなかった。何度か仕事を辞めようかとも考えたが、再就職のあてもないので、必死でこの仕事に齧りついてここまでやってきた。

血気盛んな二十代の頃には、仕事以外の私的な面でもいろいろとあって、とても恥ずかしくてここに書けないようなこともある。今になって振り返ると、仕事を続けてきてよかったと思う。温かく見守ってくれた周囲の諸先輩や他職種の人達には素直に感謝したい。

世間で言うと、公務員は親方日の丸でよいと思われるかもしれない。確かに経済的には安定しているし、労働条件も恵まれている。特に不景気になればなおさらそう思われるだろう。ただ、仕事の内容から精神的ストレスが大きく、眠れなくなったり、食事が喉を通らなくなることなどは日常茶飯事である。

今後のささやかな目標としては、①定年退職するまでクビにならずに勤め上げること。②裁判所に来た当事者がよかったと思えるような面接をすること。これだけだ。

金銭感覚

　家庭裁判所調査官試験に合格すると、二年間の研修期間を経て任官することになる。その間、最初と最後に東京の家庭裁判所調査官研修所という寮に缶詰になって、法律、人間関係諸科学、実務、心理テスト、講義などのカリキュラムをこなさなければならない。

　最初の一～二カ月は、緊張感と物珍しさもあって楽しいのだが、さすがに三カ月も経過すると、いろいろと拘禁反応が出てくる。不眠になる者、酒を飲まずにおれない者、月に向かって吠える者など、各人で反応は様々である。最大の敵はとにかく退屈なことで、真面目に勉強しておればよいのだが、そこは血気盛んな二十代前半の若者たちである。寝る間もおしんで遊びたいが金はないので、繁華街へ頻繁に通うわけにもゆかず、いきおい話題は寮内のことに限られる。

　特に我が調査官の同期仲間は個性的な面々が勢揃いしているので、誰がどうしたという内容は、翌日になると尾ビレ、背ビレ、胸ビレまでついて本人のもとに帰ってくる。そんな根拠のない噂の根元は、同期生の中でもたいがいあやしげな人物の居室に限られていて、夜ごと阿片窟のごとく裏情報がかわされるのであった。さて、そんなある夜のこと。

時刻も午後十時を過ぎ、さて寝ようか、夜食でも食いに出るべえか、という状況で、むさい男が五〜六人一室にたむろしていたと思っていただきたい。話題もつき、しかも給料日前なのでパーッと飲みに出るわけにもいかない。その時、ふいに思いついた。私はとりとめもない夢みたいなことを空想するのが大好きである。つまらん現実に直面したときは気晴らしとして、しばし夢の世界に逃れるに限る。そして考えるだけなら金も何もいらない。

「なあ、今は手取りで十万円そこその給料しかもろてへんけど、もし、手取りが月百万円あって、ボーナスも五カ月分年間五百万円あったら、だから全部で年間千七百万円、しかも税金等諸費用一切無しの千七百万円収入があったら、どんなことしてみたい？」

その場にいた全員が色めき立った。とにかく暇なのである。私を含めて全員が新しいおもちゃを目の前にした子どものように目を輝かせた。バカだが立派な学歴だけはある連中ときている。どんなアイデアが飛び出すか、私はドキドキして皆の返答を待った。

「そうやなあ」

仲良しのねんちゃんが最初に口を開いた。

「俺やったら、中トロ腹一杯食ってみたい」

そんなん今でもできるやないけ！　ねんちゃんが非難の集中砲火を浴びたのは言うまでもない。次に口を開いたのが、知事というあだ名の物静かな男である。

「そう……、やっぱりステレオが欲しい」

お前は何を聞いとったんじゃ！　結局最後の一人になるまで、日常生活から離れられないささやかな願い事が述べられるに終始し、またむなしい一日が過ぎていったのである。

貧乏人の小倅が持ちなれない金を握ったとしても、使い方がわからないか、身を持ち崩すだけなのだろう。

ちなみに、家で奥さんに同じ話をしてみたら、「そんなん、貯金するに決まってるやんか」と怖い顔で叱られた。

かぞく

コミュニケーション

私の長女は物わかりが悪い。どのくらい悪いかと言うと、「生活」のテストで二人の子どもが向かい合って芋掘りをしている図を見て、何をしているか答えるという問題があった。答えは当然〝芋掘りをしている〟なのだが、娘は〝話をしている〟と記入し、採点に悩んだ心優しい担任教師から見事△をつけてもらっていた。

妻はテスト用紙を前に根気強く長女に設問の状況を説明し、解答を導き出そうと奮闘し、対する長女はうかつな答えをして妻から怒りの鉄拳を食らうまいと必死の形相であった。妻子の攻防は息詰まるほどで、私は聞き耳を立てながら事の成り行きを見守っていた。戦いは最終局面を迎え、

「さあ、何をしているところでしょう」

と妻が解答を促すと、長女は、

「芋を…」

と言いかけたので、

「そう！　芋をどうしてる？」

と妻はここぞとばかりたたみかけた。数秒後、長女は目を輝かせながら、

「芋を埋めている！」

と声を張り上げた。

(掘った芋、何で埋めるねん)

妻は気がふれたように虚ろな笑いをしてその場にへたり込み、私はしばらくの間意識不明になった。この日、やたらと△の多いテスト用紙の謎が解けたのだった。

かと思えば、妻は発語もままならない三歳の息子が「あー」「うー」だけで何を欲しているのかわかるようで、意思の疎通は動物と人間の間でも可能であることを証明している。

私は妻と結婚して十年になるのだが、以前こんな事があった。

居間に見慣れない置物があるので、「これは何か」と問いかけた。その日は晩秋の休日であった。のどかな一日で時刻は夕刻である。妻は夕餉の支度に追われており、私はヘラヘラとビールを飲んでいた。

「どれ？」

と聞き返してくるので、

「これ」

と置物を指さして再度丁寧に尋ねた。妻はこちらを振り向きもせず、

「どれ？」

と聞き返す。失礼な奴と思いつつ、

「これよ、これ」

とだんだん物言いがぞんざいになってくるのを感じながら、怒りを抑えて再々度お尋ねした。

「だから、どれて言ってるやん！」

こうなると温厚な私もビールのほろ酔い加減とあいまって口調が多少乱暴にならざるをえなかった。

「せやから、さっきからこれ何て聞いてるやんけ。横着してよそ見してんと、ちゃっちゃと返事さらさんかい！」

私はこれで亭主の威厳を保ったと勝利の美酒に酔いしれた。妻は「私が悪うございました」と言うつもりか、無言でこちらに近づいている。

「あのな、これ土鈴いうものなん。わかる？　土の鈴て書いてど、れ、い。どれいというの。夕食の支度で忙しい時にしょうもないこと聞いてくるから勝手に聞き間違えるん。わかった？」

……どうやら長女の物わかりの悪さは私の遺伝であるらしかった。

妻との間には子どもが三人できるほど仲が良いのだが、ことほどさように意思疎通というのは難しい。いわんや調査官のように初対面の少年や保護者、当事者を理解するなど至難の技である。家族ではこのような笑い話も、こと仕事に関して言えば単なる勘違いではすまない。肝に銘じておこう。

エレクトーン

なにを血迷ったのか、妻がエレクトーンをはじめた。

もともと子どもの頃やっていたのだが、ものにならなくてやめていたのに、つい最近再開したのだ。週末に一度、Y音楽教室へ通っている。インストラクターの女の先生が可愛いので、私ものこのこついて行っている。ピアノでは「バイエル」「ソナチネ」「ソナタ」など段階に応じて練習してゆくのだが、妻の場合、基礎はできているので、技量に応じて好きな曲を練習してゆくのだという。

合理的に思われるが、これがいけない。制度そのものはよい。いけないのは対する妻のほうである。最初の練習曲では、サザンの「いとしのエリー」が課題曲だった。一週間で弾けるようになったものの、その間下手な曲を聴かされる身になれば、耳が腐るかと思われるほどで、一生サザンの曲は聴きたくなくなった。

二曲目の米米クラブ「浪漫飛行」にいたっては、飛行できずに墜落炎上していたほどである。三曲目、懲りもせず再びサザンの「TSUNAMI」に挑戦したものの、津波どころか雪崩となって危うく遭難するところであった。

思い返せば、ふだん物を欲しがらない妻が昨年以来、電動自転車にはじまってエレクトーン、パソコンと今年はお金を遣うのだと張り切っている。まるで図に乗った愛人のようになっており、この調子でゆくと次は何を脅し取られるのか、とても怖い。

冬になると私はうたた寝をするのが楽しみで、先日も夕食後一時間ほど布団でまどろんでいた。妻はエレクトーンの練習をするのに気をきかせてくれたのだろう。ボリュームを絞り、静かに弾いていた。すると、正確な旋律に混じって時折不協和音が奏でられる。音が小さいだけに余計気になり、心地よい夢の世界から連れ戻されてしまった。

それでも妻は嬉々としてエレクトーンを弾いている。こんなことなら、ポップスなんか弾かずに、いっそのこと「平家物語」か「般若心経」でも弾いてくれんだろうか。そのほうが、おどろおどろしい雰囲気が出て好ましいのではないかしらん。それが無理なら、せめて私の好きなアニメーションソングでも弾いて。お願い!

愛する妻へ

君と会ったのは、夏の暑い盛りだったね。

強い日差しの中を、楽しそうに歩いてゆく姿がとても印象的でした。

ふだんはやらないのだけど、電話番号を聞きだしお茶や食事をするようになりました。

まともに女の子と付き合ったことなどなくて、ぎこちない僕でしたが、つまらない冗談にもよく笑ってくれました。

何となく結婚するんじゃないかなと最初から考えていました。

プロポーズしたのは、付き合いだして一カ月もたたない頃でした。

双方の実家の両親が驚いていたのがおかしかったです。

君とは結婚してもうすぐ十年になるけれど、その間、いろいろなことがありました。小さな君ががんばって三人の子どもを産んでくれました。皆可愛くて利口な子に育っています。

僕が病気になった時は、暖かな春のそよ風のように、いつも僕を包んでくれましたね。

これからも元気で輝き続けてください。
感謝の気持ちを込めて君に贈り物をしたいのだけど、適当なものが見つかりません。せめて、僕のまごころだけ受け取ってください。

平成十四年四月一日

鼻の伸びたピノキオこと、はせがわたかし

追伸――どや、まいったか。

おじいちゃん

祖父は放蕩者だった。

若い頃「オラあ、新地（昔の遊郭のこと）の灯、一日一回見んとよう寝やん」と言うほど女好きだったそうな。死んだばあさんとのなれそめも笑わせる。明け方、いつものように新地で遊んで帰宅する際、偶然ばあさんを見初め、間に人を介して嫁にしたそうである。結婚する際、心配したばあさんは祖父に性病の検査を受けさせたという。典型的な女極道である。

祖父には娘しかできなかったので、母が私を産んだときには、ものすごく喜んだそうである。女好きではあったが仕事熱心な蒲鉾職人で、根がまめであるため、初孫の私をことさら可愛がったという。おぼろげながら、小さい頃祖父の自転車に乗せられ、近くの海岸まで遊びに連れて行ってもらったことを覚えている。

その祖父は、私が幼稚園の頃から就職する年まで約二十年間家にいなかった。理由は女ができたからだ。当時の家庭内紛争は子どもながらよく記憶していて、相手の女性の名前までわかっていた。同じ会社の未亡人に手をつけたのだが、祖父は先代社長の引き留めるのも聞かず、会社を辞めてしまった。奉行人の頃から勤め上げてきた会社で、将来も安心していられたのに根っからの貧乏性だったようだ。不貞を働いた祖父に非はあるけれども、後日になっていろんな事情がわかってくると、祖父が家を出なければならなかった理由もわかる。女性には亡夫との間に一人息子がいたが、息子が社会人となって独り立ちしたとたん、女性に邪険にされ家に戻ってきた。

祖父が家を出ている間も、定期的に給料や年金の一部を家に入れるため顔を出していたので、私とも定期的に交流はあった。時々思い出したように遊びに連れて行ってもらっていた。祖父は戻ってきた当初、体格も貧相になっていたが、見る見るうちに肥えてきて顔色も良くなってきた。

そうして数年が過ぎた頃、祖父は膵臓ガンになって、あっけなくこの世を去ってしまった。それまで付きっきりで看病していた母が、ほんのしばらく帰宅していた間に容体が急変して息を引き取った。こうしてたまたまその場にいた私が祖父の死に水を取ることになった。告別式の時も父（養子である）が喪主として納骨する予定になっていたのだが、急に忘れ物を取りに戻ることになって、たまたま私が骨納めをすることになった。

亡くなる直前まで病院の看護婦さんをからかっていた人だったが、気弱になっていたのだろう、「もう会えないかもしれない」とふと漏らしていた。痛み止めのモルヒネを投与されていたが、最後まで痛いとは言わなかった。私の賑やかなところや女好きなところ、変に生真面目なところは祖父の血を受け継いでいると思う。

以前墓参りをした時のことである。今でも年に数回は墓参りをしているが、当時交際していた彼女に振られた直後で気持ちが腐っており、希望しない転勤も決まっていたので、なかばやけになって日々過ごしていた。ちなみに私は墓参りで故人の冥福を祈るような殊勝な心構えは持ち合わせていない。「ええべべ着て、うまいモン食うて、おもしろおかしゅう一生暮らせますように」とこういう感じである。

その時何を思ったのか、祖父に次のように祈った。「ええ子と結婚できますように」。妻と婚約したのは、ちょうど半年後のことであった。

祖父は死んでも私のことを気にかけているようだ。

会話

ある日の夜のこと。
私「お腹すけへん?」
妻「すいたなあ」
私「なんか食べる?」
妻「食べる」
私「なにある?」
妻「『どん兵衛』(日清食品)」
私「お湯沸かして(お願い)」
妻「あんたのほうが近い(命令)」
私「……」
妻「……」
私「洗い物もまだやし、ついでに湯沸かしたら?(再度のお願い)」

妻「あんたやってよ（やや強い命令）」
私「寒いし嫌や（泣き落としに近い拒否）」
妻「目さめるで」
私「ほんなら寝る」
妻「……」
私「……」
妻「なあ、『どん兵衛』作ってよ（甘えるような命令）」
私「作ったら、さしてくれる?」
妻「嫌！（明確な拒否）」
私「最近全然してへんし」
妻「せんでええ！」
私「なんで?」
妻「なんででも」
私「やっぱり寝よ」
妻「……」

私「……」
妻「なあなあ、『どん兵衛』食べようよう（おねだりするように）」
私「ほな、さして」
妻「それとこれとは別」
私「お前、食べたいんやろ」
妻「あんたも、食べたいやろ。一人分作るのも、二人分作るのも一緒」
私「そんなら、お前やれや」
妻「嫌！」
私「わし、寝る」
妻「明日起こしたらへん」
私「勝手に起きて、お前の顔踏んだる」

はせがわ家の夜はふけてゆく。

せいかつ

ゲーム

最近はさすがにやりあきてしまって、ほとんどしていないが、一時はひどかったように思う。どちらかと言えば奥手なほうで、大学時代はゲームの類に興味もなかった。それがひょんなはずみで今から十年ほど前にスーパーファミコンなるものを買った。当時二十七歳であった。ゲーム好きの方ならご存知だと思うが「ドラゴンクエスト」という有名なソフトを始めた。

おもしろいのなんの。こんな楽しいもの、なんで今までやらなかったんだろうと感激しきりで、睡眠時間を極端に削ってまでほんの数日でやりおえてしまった。それからというもの、手当たり次第にゲームソフトを買い漁り、次から次へと攻略する日々が続く。私は夢中になると異様に集中力が持続して、頭から楽しいことが離れなくなる。だからいったんゲームを始めると、子どもが泣こうが喚こうが、気にかけることなく時間の許す限りテレビの前に齧りついた状態が続くのである。拝金主義の現代で、ほんの四、五千円払っただけで、何日も楽しめる遊びがあるだろうか。

よくできたソフトはがんばれば誰でもクリアできる適度な難易設定になっており、要所要所で攻略ポイントとなる難所が待ちかまえている。これまでのゲームの流れと物語の中で得られる情報から正しく推理すれば正解にたどりつけるようになっていて、答えを見つけたときの爽快感は一種格別なものがある。

また、よくできたゲームはＢＧＭやストーリー展開が見事である。主人公が様々な苦難に打ち勝ってゆく様は、大げさに言えば人生そのものであり、正義が必ず勝つという点では子どもの情操教育にとっても有益なものだ。一つだけ欠点をあげるとすれば、はまるとやめられなくなることである。麻薬と同じで禁断症状に近いものがある。私なぞ、夜が白み始めるまでゲームに没頭していたことなど数限りなくある。

テレビゲームの弊害を訳知り顔で訴える大人もいるが、うちの子どもなど私と遊んでいるほうが楽しいので、それほどゲームに熱中していない。ゲームは実体験が伴っていないからダメだという意見もよく聞かれる。アホか。小説にしろ何にしろ、すべてバーチャルリアリティに過ぎないし、リアルな日常なんか戦争などの極限状況に追い込まれなければ味わうことはできないのだから。

太平洋戦争当時、ごく普通の日本人が中国人や朝鮮人などのアジアの人々にどれほど残虐な行為をしたか思い出してほしい。彼らは紛れもない現実を生きていたのだから。ほんの少し、ゲームの中で使われる正しい想像力を働かせることができれば、あれほどの悲劇は起きなかったと思う。そして周りを見渡してほしい。子どもたちが思い切り遊び回れる空き地や自然がいったいどこにあるというのか。経済効率を優先し、ゆとりや真の豊かさを見失った私たち大人の責任ではないのか。塾や習い事に追いまくられて、ほんの一時の気晴らしに誰にも迷惑をかけない仮想現実の中で過ごしている子どもたちを誰が責められるというのか。

文句ばっかり言ってる大人たち、一度やってみな。子どもが夢中になってるものを楽しくないと言うなら、それはあなたがつまらん大人だからですよ。

そして僕は今日もゲームに暮れる。

クラブ活動

野球やサッカーなどのいわゆる部活動ではない。私の三宮での「クラブ遊び」のことである。

あんまり楽しいので、気はすすまないが皆さんに私の遊びを披露したいと思う。

クラブ遊びをするようになったきっかけは次のとおりである。仲間内で「巨人さん」と呼ばれているおしゃれな中年紳士がいる（裁判所の人ではない）。四年ほど前にこの「巨人さん」に誘われて初めて「クラブ」というところで遊んだ。

めちゃ楽しかった。ここは竜宮城かと思った。これからは、自分一人で来るのだと、その時にかたく、かたく心に誓ったのを覚えている。それ以後、せこく、せこく小遣いをためては同じ店に通っている。

皆さんクラブといえば、「料金が高い」「オネエチャンがケバイ」「ヤクザが来てそう」などという悪いイメージをお持ちではないかと思う。一度だけ、それらしい人達がいたが、彼らは他の一般客とくらべてもマナーが良く静かで、気がついたら帰ってしまっていた。店でいちばん騒々しいのは、おしゃべりな私である。なお、客筋が良いので安心して飲める。明朗会計でもある。

料金はそれほど高くない。私の通う店は、セット料金が一時間で確か一万五、六千円ほどだったろうか。確かに普通のスナックで飲むより三倍くらい高いが、その間、最低でも二人、多いときは私一人に三人のオネエチャンがついてくれる。そのうえ、私の嫌いなカラオケがないので、思う存分おしゃべりを楽しむことができる。

女の子たちはケバくない。下は二十歳くらいから上は三十代の女性までいるが（ちなみにママは二十八歳から歳をとっていないとのことなので、実年齢は知らない）、適度に上品できさくである。そのへんにいる綺麗なOLとなんら変わりはない。感心するのは、彼女たちの自立心の高さである。みなそれぞれ自分たちの目標を明確に持っていて、夢の実現のためにクラブで働いている。彼女たちの話は、ちんけな公務員などがふだん見聞きすることができないような刺激に満ちた内容で、こちらが教えられることが多い。

何度も言うように、私は酒が飲めないので、ふだん居酒屋通いをすることがない。車を除けば金のかかる趣味もない。ギャンブルもしない。よって、たまのクラブ通いをしても、家計に響くこともない。公務員が「クラブ遊び」などと言うと、世間の人の誤解を招きそうだが、私は天地神明に誓ってやましいことはしていない。オネエチャンの手を握ったこともないし、お店自体が健全なクラブなのである。どこかの偉いサンのように、電車の中で見ず知らずの女性に痴漢をすることもなく、正当な料金を払ってまっとうなサービスを受けているだけである。

家庭内でも堂々としている。妻にも私のクラブ遊びを話していて、私が「クラブ活動に行く」と言えば、「ああ、三宮ね」と快く送り出してくれる。

裁判所職員は日頃の言動にも注意するよう職場で指導を受ける。ただし、聞かれれば携帯の番号くらいは教える。これまでそうしてきて何のトラブルもなかったし、これからもないだろう。なぜなら、私は自分の友達にしか心を許さないからである。家庭裁判所調査官という商売柄、人を見極める能力だけはつく。私の場合、犬好きが高じてか、その人の人柄を表す一種独特の「におい」をかぎ分けることができる。どんなに表面を取り繕っていても、一瞬でほぼ正確に「におい」をかぎ分けることができるので、危険な人には近づかないのである。

先日、一年ぶりにクラブへ出かけた。オネエチャンたちの顔ぶれは若干変化があったが、私のボトルが残っていたのには感激した。友人が神戸に来た時の接待や後輩に大人の遊び方を教えたりするのにこの店をいつも利用している。「今日はこれだけしか持ってない」と言えば、ママは帰りのタクシー代まで考えてすべてやってくれる。ちなみにママは美人でおもしろい。

だからクラブ遊びはやめられない。薄給の身ではあるが、居酒屋に十回行くよりも、せめて春夏秋冬と各季節に一回だけでいいからクラブで飲みたい（飲むのはウーロン茶。ボトルは入れているが、オネエチャンに振る舞っている）。

えっ？　あなたもその店に行ってみたいって？　どうしようかなあ？　本当は教えたくないのだけれど、私の本を買ってくれたあなたのために特別に教えます。「『おもちゃばこ』を読んで来た」と言えば、ママは喜んでくれるでしょう。運が良ければ、私に会えるかもしれません。では、後日クラブ「ソレイユ」でお会いしましょう。

野のユリ

名画である。

黒人俳優、シドニー・ポワチエ主演（「夜の大捜査線」で有名）の旧い白黒のアメリカ映画だ。車で次の仕事先まで移動中の大工が、車が故障したことで、古びた教会に一夜の宿を求めるところから物語は始まる。戒律の厳しい修道院で、女性院長は大工の訪問に、〝これこそ神のお導き〟と感激する。聞けば、教会の建物は老朽化が激しく、改築の必要に迫られているのだが貧乏教会のこと、そのための費用もなく難渋しているところへ主人公の大工が現れたという次第である。

主人公は世間知らずの院長に半ばあきれながらも、世話になった手前むげに断ることもできず、数日間だけ労働供与を申し出る。始めてみると予想以上の修復が必要で、気がつけば、当初の予定を大幅に上回ってしまうのだが、大工はこの作業をやり遂げることを決意する。この間の主人公の気持ちの移り変わりは、是非映画をごらんになっていただきたい。

改築費を捻出するために、主人公は出来る限りの方法をとろうとする。金儲けは汚れた行為と反対する院長と主人公。最初は事の成り行きを冷ややかな目で見ていた村人が、黙々と作業を続ける主人公の姿に打たれ、最後には総出で教会の改築に力を注ぐ。黒人と白人、世間ずれした貧しい男と高潔な修道女、理念と現実、こうした互いに相容れないものがひとつの目標に向かって協力しあうのである。

紆余曲折のすえ無事に教会が改築され、ラストシーンでは主人公を囲んでささやかな晩餐が開かれる。主人公は立ち寄った時と同じように、楽しそうに歌を口ずさんでいる。そして、歌を口ずさんだまま、何も言わずに立ち去ってしまう。皆は主人公が立ち去ったことに気づかず、楽しそうに歌を歌い続けている。唯一人、院長を除いては。

これだけのことが淡々と描かれているだけのことで、過剰な演出も仕掛けもない。しかし、いつまでも記憶に残る映画である。そして、神は人の心の中にあるということが理解できる。

徒然草

つれぐなるままに、日くらし、
硯にむかひて、
心に移りゆくよしなし事を、
そこはかとなく書きつくれば、
あやしうこそものぐるほしけれ。

現代文に要約すると以下のようになると思う（間違ってたらごめんなさい）。

なんとなく、その日暮らしをしているうちに机に座って硯の前で心に浮かんでくるどうということもないことを、なんということなしに書きつづってゆくとへんな心持ちがしてまいりますね。

高校時代の国語の女性教師がおもしろい人で、古典の名作の出だしを入試に出るからと、いくつか丸暗記させられた。ほとんど忘れてしまったのだが、「枕草子」や「平家物語」「百人一首」など、いまだに口ずさむことができる。そのうちの一つが「徒然草」である。

読むたびに美しい調べで、古語のいとおかし（非常に趣のあること）ことか。尻の青い高校生のガキにとって、古典や漢文などは受験に出るから仕方無しに勉強しているだけであって、十代の貴重な時間勉強に費やすなら、カッコよく実用性のある外国語の習得などに時間をかけたいと思うのが常であろう。事実私もそうであったが、中年になって多少世の中のすいもあまいもわかってくると、それが大きな間違いであったことに気づく。

「徒然草」は皆さんご存知のとおり吉田兼好のエッセイ集なのだが、内容は人生訓に満ちていて、笑い話あり、ホラーあり、人情話ありと、多岐にわたっている。話によけいな装飾がなく、淡々と書きつづられているために、よけい内容に深みがまし、説得力がある。「高名の木登り」「仁和寺の法師の話」などは特に印象深い。作者の楽しい人柄までうかがえる名作である。女性作家では清少納言が好ましい。「枕草子」の出だしはこうである。

春はあけぼの。
やうやう白くなり行く、
山ぎはすこしあかりて
むらさきだちたる雲の
ほそくたなびきたる。

簡潔な文章だ。きっと人柄もさっぱりとした姉御肌の人で、宮中では同性に人気が高かったに違いない。清少納言に比べると、名作「源氏物語」の作者である紫式部などは、言い回しがくどい。性格的にもねちねちとして、陰口など得意としていたのではないか。しかし、いずれも個性豊かな人物であったことは確かだろう。現代に生きていたとしても、友達になりたい人たちである。

文化的にはむしろ現代よりも優れていたのではないかと思う。気品、おくゆかしさ、恥の感覚、雅なものを尊ぶ気風など、戦後日本人が敗戦とともにすべて捨ててしまった豊かなものが溢れているようだ。最近まで自分もバカな若者の一人だったので〝今時の若い者は〟などというつもりはないが、若者の横暴ぶりには目に余るものがある。成人式で暴れるバカをはじめ、電車の中で平気で化粧を直す女、あたりかまわずウンコ座りするバカ、乱暴で粗雑な立ち居振る舞いや言葉遣いしかできないバカ。もっと悪いのは彼らを自由気儘に放っている親たちで、大人の顔も年々貧相になっているように見えるのは気のせいか。

資源のないわが国が今後も生き延びるためには、勤勉に働いて商品を外国に買ってもらうしかない。欧米では特に自己主張しなければ通用しないが、その際独創性のないものは人であれ物であれ、相手にされないのが常識である。ふりかえって日本の若者たちを見てほしい。着ているものはアメリカの黒人の物真似だし、個性が尊重される芸能界でさえ、ラップ音楽などにうつつを抜かしている。できあがったものは、大量に消費されるゴミばかりときている。たとえ英語は話せなくても、コンピューターは使えなくても、自分の頭で考え信念を持って行動している限り、生み出されたものや思想は世代を超えて普遍性を持つ。古典はそのことをよく教えてくれる。

犬

気がつけば犬好きになっていた。

ここ一～二年のことで、犬はむしろ嫌いなほうだった。子どもの頃から実家にいつも猫がいたので私自身も猫好きで、犬にはほとんど興味はなかった。猫は室内で飼っている限り清潔だし、散歩の手間はいらない。抱き心地もよい。

それに対して犬は臭い。たまには風呂に入れないとたまらなく臭いし、ベタベタする。散歩が手間である。さわってもゴツゴツして可愛くない。気にいらないと噛むことがある。猫に比べて人なつこいので、うざったい。以上のように三十数年生きてきて、犬好きの人間の気がしれなかった。

ところが、自分でも驚くことに犬好きになっていた。犬もわかるらしく、ニコニコして近づいていっても、最近は吠えられたことがない。それどころか、気さくな犬ならば顔までなめてくれる。なめられても服を汚されても気にならないどころか嬉しいのである。この変わり様はなんであろうか？　妻は中年になって温厚になったからだとか、子どもができて同じような感覚で見れるようになったからだと言う。少し違うような気がする。

多分、人間と付き合うことに疲れているのだと思う。感情の通い合う気のおけない動物と一緒に過ごしたいのだろう。彼らは何千年、あるいは何万年も前から持ちつ持たれつで人間との共同生活を過ごしており、こちらの気性もよくわかっている。無口なので、何でも話せる。利害関係がなく、純粋な友人関係が築ける。不純なたとえで申し訳ないが、自分好みのナイスバディで気だてのよい若いネエチャンと一番気に入った犬のどちらかをもらえるとすれば、今なら犬のほうを選ぶと思う（あまり自信はないが……）。

だから犬を飼いたい。それも大きくて賢いオス犬がいい。小さい犬には感情移入がしにくい。警察犬や盲導犬、介護犬などの仕事に従事している種類のもので、知的で勇敢なものがよい。具体的な候補としてはレトリーバー系統だろうが、日本では普及しすぎていて幾分新鮮味に欠ける。コリーもよいが、毛の手入れが大変そうだ。ドーベルマンは怖すぎる。ハスキーも好みだが、どんくさいところが難点だ。また、そり犬だけあって、リードを離すと帰ってこなくなるときがある。というわけで、自分で飼うならシェパードがいい。犬の本によると、訓練されていないシェパードはシェパードでないと言われるほどで、初心者向きではないらしい。しかし、犬の訓練士の話では、どの犬種でもきちんと躾や訓練がされなければ扱いづらいのは同じで、むしろシェパードは訓練すればするほど成果のあがる犬種なので、一般的に考えられているほど飼育は難しくないらしい。

当面の目標は大型犬を飼うための自宅購入である。土地付き一戸建てが必要になるだろう。それもある程度の広さの庭のついた家が。現状では遠い将来の話である。でも、いつかきっと犬を飼おう。そしてきちんと訓練をして最終的にはリードをつけないでも散歩できるほどにするのだ。動物はやはりひも付きでないのが自然だと思う。えっ？　私はどうかって？　そりゃ、ヨメさんのひもにしっかり縛られてまんがな。

My Favorite Books

調査官が好むのは知的な小洒落た本だと思うので、あえて漫画を紹介したいと思う。漫画というと、欧米では文字もろくに読めない人のもので、電車の中で読んでいたりすれば、それこそアホ呼ばわりされる程度のものだ。ところが日本ではさにあらず。描画の繊細さといい、物語の壮大さや登場人物設定など、下手な小説など足下にも及ばない。日本の漫画はわが国特有の文化として独自の発展を遂げており、成熟した大人の評価にも耐えるものなのだ。

自分のことを振り返ってみると、就職試験の一般教養の勉強に、「ゴルゴ13」で世界情勢と科学知識を仕入れたし、子どもの頃、「ブラックジャック」に憧れて医者になりたいと思った。白土三平の「カムイ外伝」には人が人として生きる意味を教えられた。このように私の生活は漫画と切っても切れない関係にあり、本棚に専門書のたぐいはほとんどなく、さながら子どものおもちゃ箱の様相を呈している。

さて、私が最近読んでいる漫画の中で一押ししたいのが「ONE PIECE」だ。子どもの頃、〝ゴムゴムの実〟という悪魔の実を食べ、一種の超人となった主人公ルフィが海賊王の残した財宝（富、名声、力がすべてひとつになったと言われる〝ＯＮＥ ＰＩＥＣＥ〟〈ひとつながりの財産〉）を手に入れるため、仲間とともに様々な苦難を乗り越えてゆくという物語だ。

主人公は海賊王になることを夢見ているのだが、行動を共にする仲間もそれぞれの夢を持って生きている。志半ばで散った友への友情のため、世界一の大剣豪になることを誓ったロロノア・ゾロ。世界中の海図を完成させるのが夢の女航海士、ナミ。いなせなプレイボーイのコック、サンジ。臆病だが人に優しく勇敢なウソップ。医術のエキスパートのトナカイ、チョッパー。彼らは仲良しだが、なれあうことをせず個人としてのプライドを持ち独立している。

また、際だったキャラクターと枠にはまりきらない生きかたゆえ、彼らは平凡な生活におさまりきれず社会からドロップアウトしている。一見するとお笑いが先に立ち、冗談のようにも見える物語だが、世間や周囲の偏見をものともせず、いつも陽気に振る舞う彼らの行動に力づけられている大人も多いはず。

作者が伝えたいのは「希望」と「感動」の大切さで、豊かな人生に必要なのは金や物ではないことを言外に訴えている。人から人へ、親から子へ〝受け継がれる意志〟。それがあるからこそ、人は困難にめげず生きてゆけるのかもしれない。子どもたちに絶大な支持を受けているのも、敏感な彼らがそれを感じ取っているからだろう。

さあ、皆さんも堅苦しいことは考えずに、〝漫画〟という未知の大海原へ冒険の旅に出てみませんか。

ボクシング

飽食の時代だというのに、苦労してプロボクサーを目指す若者が後を絶たない。いったいどうしたというのか。私が子どもの頃は憧れのスポーツ選手と言えば、プロ野球選手であり、毎日のように王や長嶋、江夏や田淵といった名選手が激闘を繰り広げていた時代である。昨今のサッカーブームもあって、野球は以前ほどの人気はないかもしれないが、イチローや松坂など若い世代の天才が人気を引っ張っており、華やかさという点では今もサッカーをしのいでいる。

それに対して、ボクシングは地味だ。平和な時代にいい年をした大人が殴り合うのであるから。プロといっても四回戦ボーイなどまともなファイトマネーなどもらえるはずもなく、昼は仕事をしながら疲れた体を引きずって夜になるとジムに通う。ファイトマネーだけで食べていけるのは、日本チャンピオン以上であり、それだってふつうのサラリーマンと比べてどうかという程度である。運良く世界チャンピオンになれたとしても一攫千金は無理で、何回か防衛回数を重ねなければまとまった金を残すことなどできない。選手寿命は短く、三十五歳がほぼ上限であろう。引退したとしても、まともな就職口などなくて、テレビ解説者やタレントなどになれるのは、一握りの運と実力に恵まれた人だけである。それゆえ、ボクサー崩れなどという暗いイメージがつきまとうことになる。

野球になると、それほど実績もない高校生でさえドラフトというありがたい制度のおかげで一億円かそこらの金を契約金という名目で手に入れる。大した選手でもないのに、レギュラーになれば数千万円単位の年収があり、派手な交遊で週刊誌の誌面をにぎわせている。引退しても人気選手であれば、タレント活動や解説者の口はいくらでもある。遊びに行っても騒がれて楽しかろうと思う。

ボクサーは基本的に人間の自然な快楽をすべて遮断して節制に努めなければならない。早寝早起き。単調なロードワーク。ジムワークでは気の遠くなるほどの反復練習と基礎体力づくり。酒、たばこ、女、ギャンブルなど体に悪いことは何一つダメだ。一流選手ともなると、日頃の食事節制もすさまじく、体に余分な水分や塩分、脂肪などをつけないために、病人食以下の味付けしかしていないものを食べている。基本的には茹でるか、蒸すか、焼くかしかなく、調味料などほとんど使用しない味気ない食事である。才能のある者が努力するのが当然の世界で、努力のわりに報われることの少ない世界だ。世界チャンピオンになって財産を築いたという話もあまり聞かない。

なのに、である。目先の利益や見返りに敏感なはずの若者が黙々と汗を流している。多くはもと不良であったり、ならず者であったり、町の嫌われ者かもしれない。不遇な生い立ちの者が世間に牙を剥くようにサンドバッグを叩いているようにも見えるし、社会の底辺から必死になってはい上がろうとするひたむきな姿なのかもしれない。リングに上がれば、二つの拳と肉体、あとは己の体力と知力だけが頼りだ。氏素性や育ちも関係なければ、金持ちであろうと極貧であろうと、美男子でも醜男でも、王であれ道化であれ、どちらが強いのか自分の全存在をかけて闘うだけのリアルな世界だ。どれだけ勝ち続けていたところで、一回負ければすべてを失うかもしれない非情な世界だ。

昨今、格闘技ブームとかで、K―1選手や総合格闘技のプロ選手など、芸能人並の扱いを受けている。会場にも女性ファンの姿が目立ち、以前のように陰気な興行的なイメージはない。だが、ボクシングだけは別だ。タイトルマッチの鳥肌が立つような緊張感がはたしてほかのスポーツにあるだろうか。ジュニアミドル級の元世界チャンピオンである輪島功一氏が以前次のように話していた。「ボクシングはね、勇気なんだよね」。

リングの中は、これまでもそしてこれからも男だけの聖域である。

芸術

芸術的素養は微塵もない。

絵を描けば、幼稚園児である次女にさえ負ける。高校時代に始めたギターは一カ月もしないうちに挫折し人に譲ってしまったし、オカリナはドレミファソラシドさえまともに吹けず、二時間であきらめた。

でも美しいものは好きで、綺麗なオネエチャンにはじまって、ライター、時計、カメラ、パソコン、食器、家、犬に至るまで、シンプルでまっとうなものが好みである。特に造形の美しい車など、神が作り賜うたと思えるほどである。よくデパートなどの特設会場で、有名人気画家の複写を展示即売しているが、私からすれば俗悪で、金をもらっても自宅に飾る気にならない。いかにもこれみよがしでうんざりする。妻など「こんなん、ちょっと気のきいた美大生やったら描けるんちゃうの」と言うが、その通りだと思う。「子どもさんの情操教育にいかがですか」と営業マンはのたまうが、それなら野草でも活けたほうが、よっぽど子どもの情操にはいい。借家住まいの貧乏人が高価な絵画を飾ることほど滑稽なものはないだろう。ピカソよりセーラームーンやドラえもんに夢中の子どもをつかまえて、情操もクソもないものである。私は根性が悪いので、時々金持ちのふりをしていたずらをする。「アイワゾフスキーなら買ってもいいけど」と。めったなことでは公開されないほど有名なロシアの絵描きだが、誰も知らない。

金があっても知識のない人からはぜったい買わない。私のポリシーだ。高価なものほど割高でもプロから買うことにしている。一度マンションを見に行って、「なんでコンクリートの塊がこんなに高いの?」と尋ねたが、案内してくれたネエチャンはまともに返答できなかったので、速攻で帰った。自分が売るべき高額商品の価値や根拠さえ知らないバカからものを買ういわれはない。

絵画であれ、歌謡曲であれ、私の評価基準は自分の心に訴えるものがあるかどうか、それだけだ。世界的な名画であろうと、何も感じなければ私にとっては無価値なもので、逆に人がどう言おうと自分が良いと思ったものは経済的事情が許す限り手に入れたいと思う。さきにあげたピカソなど、評価する人がいなければただのイタズラ書きだろうし。

芸術でも学問でも美しいものや真理は普遍性を持ち、色あせることがない。ともに人類共有の遺産である。走るためにだけ生まれてきたフェラーリが、かのバブル期に投機目的だけで車好きでもない連中のおもちゃにされているのを見て悲しくなった。芸術の偉大なゆえんは、作者の美意識が人の心に感動を与えることだ。感動こそ生きる源となるもので、著名な芸術家や世界的な学者らは皆いちように子どもの頃おぼえた感動を持続させることで、優れた芸術作品や学問的業績を残している。

芸術など腹の足しにならないと言われればそれまでだけれど、少なくとも私にとって前向きに生きる糧になっている。

写真集

自慢じゃないが根っからのスケベだ。

特にエロ漫画とヌード写真集が好きで、出物がないか絶えず書店をチェックしている。最近の本はすべてビニールで包まれているので中身を調べるわけにはいかない。したがって表紙やサブタイトルの様子から内容を推察し、買うか買わないか判断する。はたで見ている人がいたとしたら、私の表情は仕事中ついぞ見せたことがないほど、いつになく真剣になっていると思う。雑誌類であれば、内容を吟味し比較検討できるので容易なのであるが、写真集ともなると通常二千五百円から三千五百円程度し、高いものになると五千円くらいするものまである。限られた小遣いの中からこれだけの資本投下をするのは案外勇気のいるもので、買ったはいいが急いで帰宅し中身を見たとたん期待はずれになろうものなら、二時間程度は自己嫌悪に陥ってしまう。

それなら買わなければいいのだが、五冊に一冊くらいの割合で自分を誉めたくなるほどの作品に出会うことがあり、たいていこうした写真集はよほどのことがない限り増刷されることがないため、時期を逃すと二度と手に入らないか、手に入るとしても、とんでもないプレミアがついていたりする。こうしたことが繰り返された後、当然のことながら我が家にはヌード写真集の山ができあがる。

私のコレクションとなった写真集は通常二通りの運命をたどることになる。上述したプレミア写真集については、時間と日数をかけて十分に鑑賞する。その間、私の書斎（実際には物置部屋）の本棚にしまわれているが、小さい子どももいるので決して手の届かない場所に裏返して保管する。子どもが寝静まった後、そーっと取り出してはうっすらと笑みを浮かべながら眺めている。「うーむ。享楽至極よのう」と独り言がでることもある。

こうして一定期間鑑賞に堪えた貴重なプレミア写真集については、役目を終えると私のお宝グッズとして、専用段ボール箱に収納され倉庫で保管される。専用段ボール箱といっても特別なものではなく、表に目立つように赤いマジックで「H」と記入されているだけである。これは、引っ越しなどの際に妻子が間違って開封しないための防止策で、私に万一のことがあった場合でも「H」マークのついた箱はすみやかに私のスケベ友達に寄贈されることになっている。これら蔵書類を私は、「はせがわコレクション」と自負を持って呼んでいる。

一方期待はずれのものについては、悲惨な運命をたどることになる。最初にモデルとなった女性タレントについて、考えられる限りの悪態をつく。写真集を見据えて、根性が悪い、頭が悪い、オッパイが歪な形をしている、整形しているに違いない、悪霊が憑いている、呪われる、などなど胸の中で誹謗中傷罵詈雑言を浴びせかける。こうでもしなければ、大枚を払った自分がかわいそうでやり切れないからである。この八つ当たりのおかげで私は大勢の女性タレント生命を奪ってしまったが、少しも後悔していない。気分が落ち着いた後はさっさと古本屋に一冊五百円程度で売り払ってしまう。ちなみに私は執念深いので、同じ女性タレントが出ているテレビ番組はその後一切見なくなる。

いちばん許せないのは、肝心な部分を手や物で隠して素っ裸になっているやつで、中途半端な女性タレントや二世芸能人などに多い。こういうやつは多分絶対性格が歪んでいる。心の中で男をバカにしているに違いない。

「テメエらの裸なんぞ誰も芸術性なんか認めてへんのじゃ。ちゃっちゃと脱ぐもん脱いでチチもケツもアソコもはっきり見せたらんかい！　ボケっ！」

いぬふぐり

春になると道端に群生しているただの野草である。直訳すると「犬の金玉」となっている。その可憐な姿形からどうしてそんな命名がなされたのか、いまだに謎だ。苔のように短い茎を持ち、花の部分は直径三ミリ程度の薄いブルーをしている。摘んで持ち帰ることさえできない華奢な形状ゆえ、歩きつつ眺めては、〝ああ、また春がきたな〟と一人悦に入る。

子どもの頃から好きだったが、当時は名前も知らなかったので、母親から「たかしちゃんの好きな花が咲いている」と言われては、しばしたたずんでいたのであった。外国産の色鮮やかな花は、自己主張が強すぎて奥ゆかしい私の好みではない。例外は、ひまわりとチューリップで、ひまわりは夏の暑さに負けず元気に遊んでいるいたずら坊主のようなおおらかさが感じられ、チューリップはおしゃまな女の子のように見える様子が微笑ましいからだ。

それに比べると、いぬふぐりはいかにも地味である。「私はここにいるよ」と小声でつぶやいている女の子のイメージである。年の頃なら十四〜十五歳で、これから大人の女性として綺麗になってゆく直前の子どもの面影が残る頃だろうか。あるいは、パーティーに出たら隅の方に可愛らしい女の子が一人ぽつんといたので、気になって後でお話しようと思っていたら、気づいたときにはいなくなっていたという感じである。

いぬふぐりも春になると必ず咲いているのに、いつの間にか姿を消している。毎年一度は会えるのに、会おうとするとままならず。さしずめ薄汚れた都会の美しい恋物語のようだ。

ああ、こんなに君を思っているのに。その名前だけは、どないかならんか。

ともだち

M鍼灸院

週一回通っている鍼灸院だ。

私はもともと肩こりの持病があって、根を詰めて読書した時や仕事に追われた時など、ひどい肩こりに悩まされる。そのうえ近眼で猫背ときているので、疲れがたまると何とも言えず不快な気分が続くことになる。耐えられなくなってマッサージや整骨院などに通ったりもしたが、効果が一時的で持続性がないので、肩こりは体質ゆえ仕方がないものとなかばあきらめかけていた。

「うつ病」になって、医者から疲れはできるだけ溜め込まないようにと注意を受けているので、ふだんの生活でもできるだけペースを押さえて過ごしているが、それでも肩のこることはあって、さてどうしたものかしらんと思っていた。時は平成十二年の初春である。

自宅から徒歩数分のところに、ある日鍼灸院ができていた。いわゆるお灸というやつで、当然のことながら患者層はジジババ専門の治療院である。中年期にさしかかったとはいえ、バリバリの働き盛りだ。なにが悲しゅうて、背中にお灸の跡などつけにゃいかんのと最初はバカにしていた。ところが、最近はプロのスポーツ選手でさえ、故障や怪我などの治療に鍼やお灸で効果をあげていると聞く。ミーハーな私としては流行に取り残されまいと、面白半分で出かけることにした。

鍼灸院の玄関先には品のいい輸入ワゴン車が停めてあった。きっと院長のマイカーなのだろう。持ち主の趣味の良い人柄がうかがわれ、車好きの私としては嬉しくなって、多分口ひげでも蓄えた上品な中年紳士の治療が受けられるものと期待した。ドアを開けると、雑用係らしい小間使い風の若いにいちゃんが受付に座っている。初診であることを告げ、症状を簡単な問診票に記載し、いざ院長の登場を待つことにする。院長の登場を待つ間、私の横でにいちゃんはお灸が安全なものであること、小さいお灸を使用するのでお灸の跡も残らないし、痛みもないこと、鍼灸治療は体に優しく副作用もないことなどを得意げに話している。私は適当に相づちを打ちながら、ええ加減に院長が出てこんかなとしびれを切らしていた。

すると突然、にいちゃんは何を思ったのか、いきなりお灸を始めるではないか。知らんど、知らんど。偉い先生に無断で患者の治療なんかしたら怒られるんやど。もしかしたら、廊下に立たされるかもしれんど。と思ったものの、仕方がないのでにいちゃんのやりたいようにさせていた。にいちゃんは手際よくお灸を決めてゆくと、次は鍼を打ち込み、患部を的確に攻撃してゆく。うーん、顔立ちから見ても高校を卒業したばかりの小柄なにいちゃんだが院長の躾が良いのだろう、腕は良いようだ。結局、鬱血の抜き取りから始まって、お灸、鍼、電気、マッサージと一時間以上入念な治療を受け、終わる頃にはあまりの気持ち良さに、〝もう、どないにでもして！〟状態になっていた。

すっかり気にいってしまい、さっそく一週間後の予約も入れた。ところで、院長はどこ？　えっ？　あんた院長？　年は？　二十七歳？　嘘、嘘？　こんだけやってもろて、実費で三千円ポッキリ？　スナックで飲むより安いやん。保険使えばもっと安なるて？ええやん、ええやん。

というわけで、院長との楽しいお付き合いが始まるのだが、書ききれないので続きは、「M鍼灸院　その2」をお楽しみに。

M鍼灸院　その2

鍼灸院治療のその後を書きたい。

院長は弱冠二十七歳だが、高校在学中から鍼灸院でアルバイトをしていて、高卒後本格的に鍼灸院で修行をし、このたび独立をはたしたしだいである。この院長なかなかおもしろい。高校時代は空手部に所属していて、血気盛んな青春時代には武勇伝もあり、私は診療二回目に護身術の手ほどきを受けた。ファミコンなどのゲームが好き、格闘技フリーク、モデルガン大好き、犬好きで二匹飼っている、ビデオおたく、アニメおたくで私と趣味が完全に一致する。私はこの歳にもなって、遠慮会釈なく思う存分雑談に興じることができるとは思ってもみなかった。

はたで見ている人がいれば、いい年をした大人が二人で阿呆なことを言い合って遊んでいるふうにしか見えないだろう。本物のピストルが一挺手に入るとしたら、何をもらうかとか、自分がサバイバルゲームの主人公になったとしたら、生き残るためにどういう行動をとるかとか、他愛のない馬鹿話に興じている。ちなみに、楽しいお話は治療代金に入っておらず、すべてサービスである。

M鍼灸院の経営方針は「低料金で安心治療」である。ふつうのマッサージであれば、せいぜい時間は三十分程度で五千円くらいとられるが、M鍼灸院の場合、治療時間は一時間以上で保険無しでも三千円。保険を使えば二千円足らずで治療が受けられる。よって、リピーターが多いのが特徴である。私の肩こりも軽減されており、体調はすこぶる良い。できることなら、素っ裸になって、きれいなネエチャンに漢方薬入りの薬液マッサージを受けたいのだが、そうすると多分風営法に引っかかってしまうので、院長がいなくなってしまう。今後さらなる経営努力を期待するにとどめておく。

M院長のモットーは「一日一笑」で、とにかく一日に一回は思いっきり笑って過ごしましょうとのことだ。院長は、週一回の通院のたびに新しいお笑いネタを用意してくれている。お笑い好きの私としては負けられないので、こちらもとっておきのネタを準備して鍼灸院に向かうのである。こうして鍼灸治療のついでに、ボケとツッコミの漫才の練習もできるので、どれだけ仕事が忙しくても通院は欠かしたことがない。

さて、肝心の鍼灸治療の効果のほどだが、これは絶対おすすめです。劇的な効果がないかわり、一カ月も通院すればあら不思議。ひどい肩こりに悩まされている人なら、軽い肩こりに。軽い肩こりならなくなっているという感じで、私など今ではほとんど肩こりで悩まされることがなくなっている。体質がどこか変わったようで、気のせいか「うつ病」のほうも改善され、気が滅入ることがなくなった。マッサージなどでは、翌日痛みの残ることもあるが、鍼灸の場合は副作用がまったくない。

何度も言うが料金が安い。一時間以上入念な治療を受けても実費で三千円。私など保険を使っているのでほぼ半額ということで、これはまさしく医療界の「ユニクロ」であろうと思う。

M院長ガンバレ！　今度、院長の家族とうちの家族で一緒に六甲山へ飯盒炊さんに行くんだモン！　わーい、わーい！

前に書いたとおり、院長は趣味の良い輸入ワゴン車に乗っていたが、維持費が高くつくので、このたび黄色の可愛い軽のワゴン車に買い換えた。簡単なヒントをもらって、何を買ったでしょう？　と聞かれて、即座に正解を出したのは、数多い患者の中で私一人だけである。車オタクの面目躍如だ。その他にも、治療の合間に院長ご自慢の「おもちゃ」でいろいろ遊ばせてもらっている。

こうして、週一回のペースで楽しい通院生活が続いている。今日はなんの話をしようか、どんな話を聞けるかとわくわくしながら次の予約日を待っているのである。不思議なことに、仕事の話はほとんどしないし、大好きな下ネタやエロ話もしない。趣味の話や日常の出来事だけで、よく会話が続くものだと我ながら感心している。

病気になったおかげで、友達が一人ふえた。続きは「M鍼灸院　その3」をお楽しみに。

最高の先生

K先生は小学校時代三年生、四年生と担任を持ってもらった男の先生だ。

恩師と言えるかもしれない。かもしれないというのは、大人になって初めて気づいたことで、ご本人はなんら特別なことをしたとも言ったとも思っていないだろう。一人の落ち着きのない騒々しい子どもに、担任教師として普通に接していただけだろう。小学校の一、二年生の担任だった女性教師と折り合いが悪かった私は、三年生のクラス替えで男性教諭が担任となった時には小躍りして喜んだ。当時、K先生は父親と同年代で体型もデップリとして似ており、頭は角刈りにしていて卒業式や入学式などの改まった時以外はいつもジャージの上下を着ていた。

物言いがおっとりとしていて小さな事にはこだわらなかったように思う。クラスには種々の問題児もいたのだが、不思議と大きなトラブルになることもなく、田舎の小学生らしい健康的な毎日を過ごしていたように思う。今ほど教育熱が盛んではなかった頃で、子どもたちの楽しみといえば、放課後の野球であった。一度先生とキャッチボールをしていて受け損ない、顔面に直撃したこともあった。先生は心配して自宅に電話連絡してくれていたが、うちの親も別になんとも思っていなかった。「あんた、どんくさいんやから、気いつけや」と逆に怒られたくらいである。おおらかな時代だったのだろう。

それでも母親は私の日常の言動を見て、危機感を募らせていたらしい。口から先に生まれたというのは私のことで、静かなのは食事の時か寝ている時くらいというほどひどかった。今の私が当時の自分と相対していたら、ぜったい殴っていると思う。当然集中力がないので、授業中まともに話を聞いているはずがなく、母は成績表を手にするたびに深いため息をつくのだった。

ある日、個人懇談の席で母は思いきって先生に相談することにした。私の私立中学受験についてである。家庭の事情で大学に進学できなかった母は、長男である私はなんとしても大学に行かせたかったようだ。私のふだんの行動や性格、学業成績などから考えて、私がまともに大学進学などできないと考えた母は、ついに強硬手段に出ることを思いついた。いわゆるエスカレーター式の私立中学へ入れてしまうことだ。黙って話を聞いていた先生はおもむろに、「やめたほうがいい」と言ったそうだ。

先生の意見は次のとおりであった。〝この子は苦労させたほうがいい〟と。尻を叩いてハッパをかければ、どこかに受かるかもしれないが、それでは安住しきってしまって、ダメな子になってしまうだろうと。ひとつひとつ苦労して進学する必要があると断言したそうだ。大学に進学するまで私はそのことを知らなかった。ふだん穏やかでおっとりとした物言いの先生しか記憶にないので、それほどきっぱりと言い切った先生の様子が想像できなかった。

また、ある時など、先生が仕事の都合で朝早く来られない時があって、クラスの鍵を開けられないため、私に鍵を預けてくれた。私はやんちゃな子どもではあったが、変に責任感が強いところがあって、前日から母親に、「明日は朝一番に学校に行って教室の鍵開けんといかんから、早よ起こしてな」と念押ししていたそうだ。残念ながらこれも記憶にない。これまで人に誉められたことのなかった子どもとしては、担任教師が長所を認めてくれたことがよっぽどうれしかったのだろう。

あれから三十年近くたって、私の年齢も当時の先生と同じ世代を迎えている。三人の子どもができて、子育てには人並みに頭を抱えることもある。教育論議は当時よりも現在のほうが盛んで、教師の不祥事が新聞紙面をにぎわせることもある。パソコンなどが導入されて、教育現場でもＩＴ化の波が押し寄せ、要領の良い子が増えている。でも私の子ども時代には不器用でも自分で考えて工夫をしたり、失敗を繰り返しながら体験的に世の中のことを学んでゆくゆとりがあった。教師も子どもをよく見て、誉めて叱ってくれた。そして周りには常に温かく見守る大人たちがいた。先生はそのうちの一人だった。

K先生は地方の国立大学を出た人で、ずっと当時と変わらない住所でアパート暮らしをしていたが、最近和歌山県に転居した。今も私の郷里で小学校の先生をしている。年賀状のやりとりだけはしているが、詳細は知らない。母によると、たまに自転車でぶらついている先生に会うことがあるそうで、私の現況も伝えているとのことだ。授業がうまいわけでもなく、偉くなったという話も聞かない。ご本人はそんなこと気にもとめていないだろう。

ただ、先生はどこにでもいる普通の中年教師にすぎない。最高の先生だっただけだ。

師匠

Sさんは尊敬する先輩調査官である。

私の初任地の家庭裁判所の少年係に勤務していた。仕事中は無駄口を叩かず、背筋をきっちりと伸ばし、首だけ心持ち曲げて、いつも丁寧に調査報告書を書いていた。必ず鉛筆で下書きをして、文言を吟味してからボールペンで清書をしていた。細くて薄くてカクカクした字体が特徴的だった。痩せて背が高い人で、いつも質素だが上品な身なりをしていた。一見すると怖そうな人で、実際に筋の通らないことにはたとえ相手が首席（部屋で一番の偉いさん）であっても、一歩も引かず徹底抗戦するのだった。私とSさんは私的に付き合いがあったわけではないし、仕事中雑談をするような気さくな関係でもなかった。Sさんを知るようになったのは、調査報告書を通じてである。

調査官には事件を担当する少年によって前件（成人でいうところの前科）の調査報告書がついていることがある。調査報告書は主として少年の性格、家庭、生育歴、環境などについての事実と評価が記載されている。この前件調査報告書は、後件事件担当調査官の有益な資料となるばかりか、その出来不出来によって少年の処遇にまで影響を与えることもある。Sさんの調査報告書は見事なものであった。簡潔で記載量が他の調査官に比べて少なかった。専門用語は一切使わず、平易な用語で少年の本質をえぐり出していたからだ。文章にするとこれだけのことになるのだが、国家公務員の守秘義務のため、記載例をここに例示できないのが残念である。

調査報告書の記載方法については、東京にある調査官研修所でも授業を受け、一応新人といえども模範的な記載はできるようになっている。わかりやすく言うと、具体的な事実に即して網羅的に記載したもので、別のたとえをするなら写真に似ている。それに対して、Sさんの調査報告書は絵画である。事実を映し出すのではなく、真実を描き出していた。時として、その断定的な文言が批判されることもあったようだが、これほど言葉の重さを認識していた人を私は知らない。誤解しないでいただきたいのは、記載量が少ないからといって手抜きをしたわけではなく、推敲に推敲を重ねた結果であったということだ。

それからというもの、勝手にSさんを師匠と思うようになった（勿論本人は知らない）。何度も真似をしようとしたが無理で、やはり職人芸というものは容易にコピーできるレベルにはないと思い知った。今では職場にパソコンが鎮座ましまし、手書きの調査報告書な

どなくなった。あれから十数年たって、私にもそれなりの文章は書けるようになってい
る。対してSさんは「私のような老いぼれはダメだよ」と言いながら、わからないことが
あると、私のような若造にも平気でものを尋ねる謙虚さがあった。

一度、Sさんと二人だけで食事をする機会があり、フランス料理をごちそうになった。
左耳が少し遠くて、ふだんはお酒を飲まないSさんが、楽しそうに赤ワインを飲んでいた
のが昨日のことのようだ。Sさんは本好きで知識が広く、そこから得た感想を自分なりの
解釈を加えておもしろく話してくれた。Sさんが絵画に興味があることや父親から自分の
書いた文章には責任を持たなければならないと言われたことなど、人柄を納得させられる
エピソードをいくつも聞くことができた。年齢でいえば、四十歳近くも離れているのだけ
れど、純粋な文学青年と雑談しているようで楽しかった。

Sさんが退職してもうすぐ十五年になる。今でも年賀状のやりとりだけはしている。ご
本人は仕事で大きな実績のあった人ではないし「私は管理職に不向きですから」と一生平
を通した頑固者である。職人肌で、どちらかといえば、地味で取っつきにくい硬骨漢だ。

でも私にとっては、忘れられない人だ。Sさん、ご迷惑でしょうが、私は今でもあなた
の弟子です。

忘れられない人

若い頃、大変お世話になった先輩調査官Gさんの話である。

私はこのエッセイのなかで、くだらないことばかり書いているが、これだけは心して読んでいただきたい。今からお読みいただく文章の中には一切嘘、偽りはない。今回の原稿を出版したのも、ひとえにGさんのことをお伝えしたかったからだ。残りの原稿は、暇つぶしに読み飛ばしてもらってかまわない。あくまで、肩がこらずに楽しく読めるエッセイを目指したからだ。しかし、これだけは皆さんの心にとどめておいていただきたい。私からのお願いだ。

Gさんは愛知県の出身である。私より四～五歳年上で、初任地の家庭裁判所の少年係調査官室の同じ組で席を並べていた。長身で細身のスポーツマンで、学生時代はテニスとバイクとアルバイトに精を出していた。私の席の真正面に座っていて、いつも飄々とした感じで仕事をしていた。私が緊張していたり、疲れていたり、悩んでいたりすると「はせがわさん、調子どーお？」と、さりげなく話しかけてくれるので、私はその都度、ご厚意に甘えてくどくどと相談を持ちかけるのだった。私もGさんもおしゃべりが人一倍好きで、仕事の話から脱線しては漫才のような会話をしていることが多かった。

Gさんはどれだけ忙しくても、私の無駄話に時間を割いてくれた。だからといって仕事には手抜きをしなかった。居残りをしても休日出勤をしても、やるべきことは期日までに仕上げ、疲れているくせにわざと軽妙に振る舞うのだった。面倒見のよい人であるから、ついつい頼ってしまう。

仕事中だけでなく、オフタイムもテニスやパチンコや夕食を一緒にさせてもらうことが多かった。そうした折には職場や上司への不満など、人前では言えないことを聞いてもらっていた。私が新人時代に変なストレスで潰れなかったのは、Gさんの存在が大きいと思う。

べつにGさんは〝職場の中堅として〟とか〝新人を指導する立場だから〟とか、そんなたいそうなことを考えて私によくしてくれたわけではない。本人に直接確認したわけではないが、多分〝そうしたいから〟していただけのことだと思う。人柄は温厚だが、労働組合の闘士として当局と互角以上に渡り合うほどのガッツがあった。さりげない思いやりは人一倍あって、私が失恋して落ち込んでいるときなど、晩飯を携えて来てくれて明け方まで語り明かしたこともあった。

情の濃い付き合いだったと思う。今時のドライな若者には似合わないし、場合によっては迷惑がられるかもしれない。また、新人の指導監督は基本的に直属の上司の仕事なので、そこまでする必要はないのかもしれない。私もそれが正しいのだろうと思う。職場に私情を持ち込むべきではないだろう。そんなこと百も承知だ。でも、でも、そんな人がいたということだけは覚えておいてほしい。

Gさんは、今はもういない。平成十二年十月二十一日没。享年四十一。急性くも膜下出血による突然死である。奇しくも、Gさんが倒れた十月二十日（亡くなられたのは、翌二十一日であった）は、私が「うつ病」を発病したちょうど一年後の同じ日であった。

Gさん、いままで本当に、本当にありがとう。私はあなたに何一つ恩返しをすることができなかったけれど、あなたの「遺志」だけは受け継いだつもりでいる。もし、生まれ変わることができたら、もう一度あなたと一緒にいさせてください。さようなら。

おもいで

私にとっての「神戸」

車好きの私にとって「神戸」と言えば、念願の神戸ナンバーである。出身地が全国的に悪名高い「和泉」ナンバーの土地柄ゆえ、神戸ナンバーは金を払っても欲しい三種の神器の一つであった。神戸へ転勤して間もなく、それまで乗っていた車が壊れて怖い思いをしたので、少々無理をしてベンツを購入した。以後、渋滞中の車線変更で意地悪されることもなく、家族を乗せて高速道路をゆっくり走っていてもあおられず、前を行くトロい車はひたすら進路を譲ってくれる。こうなると、「ハイウェイ」ではなく、「マイウェイ」である。また、神戸は高級住宅街を抱えているので外車ディーラーが多く、遊びに行くと気軽に試乗はさせてくれる、カタログは山ほどくれる、子どもにはお菓子も出るで、一銭も遣わず遊園地気分が味わえる。ここ一年ほど交通係を担当しているので、普段の運転も慎重にならざるを得ず、快適なカーライフを過ごしている。今の私にとって怖いのは取り締まり当局とその筋の業界関係者だけである。

馴染みのない人にとっては、「神戸」と聞いて思い浮かべるのは「港町」や「異人館」

などに代表されるおしゃれな街のイメージではないかと思う。決して間違いではないのだが、長年住んでいるとそれよりもむしろ庶民的な街であることを実感する。ちょっと高級な「じゃりん子チエ」の世界と言えばわかりやすいだろうか。自然が多く、公園などに行けば様々な犬と友達になれる。行きつけの飲み屋で知り合った長距離トラック運転手からは、人情味あふれる業界裏話が聞け、飲食店の店長からはサービス業の精神と具体的なノウハウを伝授してもらい、中小企業経営者には生き残りをかけたしたたかな関西商人の心意気を見た。おしゃれな中年紳士と三宮の高級クラブへ繰り出し、大人の遊び方とマナーを教えてもらった。

いずれも机上の学問では得ることのできない貴重な体験となっており、面接時にも少年や保護者、家事事件当事者などに対して肩肘張らず温かく接することができるようになった。転勤して一年後に未曾有の大震災があり、死の恐怖と世の無常を肌で感じた。うつ病のため一年間の休養を余儀なくされ、社会との接点が切れる苦しみを嫌というほど味わった。三人家族が今では五人家族となって、室内はさながらゴミ捨て場のようだが、細かいことはほとんど気にならなくなった。

同期の中には順調に出世している人もいるし、調査官として精進を続け確実にキャリアを積み上げている人もいる。でも、多分私が一番幸せである。周りの人はどう思っているか知らないが。

ほんの数年間だけ滞在する予定であったのが、すでに九年目を迎えようとしている。当初観光地として感じていたよそよそしい雰囲気はない。どこの国で戦争があろうが、知ったことではないが、この街は私の遊び場だ。

怖い夢

怖がりである。生き物では足が四本以上あるもの、あるいはやたらと足がないものが怖い。ほ乳類から形状が離れれば離れるほど怖さの程度は増してゆく。昆虫などは最たるもので、蜘蛛や芋虫、毛虫などに至っては土下座してでもお引き取り願いたいくらいである。現実に生存しているもののほか、幽霊、お化け、妖怪などの物の怪系統も怖い。

分析すると怖いものにはいくつか種類があるようで、上記したように、①現実に存在している生物。②幽霊やたたり、呪いなどのオカルト系統。③日常生活上予想される不安(交通事故や通り魔的な犯罪)。④天災。⑤その他。以上のように分類されるのではないかと思う。

私の場合①の分類には「奥さん」という生き物も含まれる。独身者には理解できない恐怖であろうと推察される。生物学上この生き物は、結婚、出産というイベントを契機に強くなるという性質を持っており、また年々生命力を増すという特徴を備えている。耐えきれずに離婚すると、財産分与や慰謝料、養育費などの名目で末代まで祟られる。円満な関係を築いていても、金を貯め込むのが好きなので、稼ぎを押さえられ、合法的な恐喝を受けているような気分になる。これ以外にも驚くべきエピソードに事欠かないのだが、これ以上書くと私の生命身体に危険が及ぶ可能性があるので、遠慮することにする。

そして、分類⑤のその他には「夢」が入るのである。夢には良い夢と悪い夢があるのが普通だが、私の場合、夢というと圧倒的に悪い夢、あるいは怖い夢が大部分を占めている。たいていは熟睡しているので夢は見ないのだが、体調の悪いときや悩み事のあるときなど、何とも気分の悪い夢を見る。夢の内容をしっかり記憶していることもあって、良くできた悪夢はビデオに撮ってホラー映画にしたいくらいである。逆に良い夢は、画面全体にもやがかかっており、登場している絶世の美女の表情は定かでなく、エロチックな夢の場合は、たいていパンツを脱いで事に臨もうとしたところで目が覚める。これはこれで悪夢と言えなくもないが。

さて、怖い夢の話である。大学受験期のプレッシャーが外傷体験となっているのか、今だに年に一度の割で高校三年時の自分の夢を見る。試験当日となっているのに、テスト問題がまったく理解できない。時間ばかりが刻々と過ぎてゆき、額には脂汗が浮かんでいる。こんなはずではなかった。何かの間違いだ。誰か助けて。おかあちゃーん！　となるのが大まかな筋書きである。ただ、この手のマンネリになった悪夢は〝ああまた夢か〟と不思議と自覚できるので、案外夢の中で好き勝手に振る舞っていたりする。本当に怖いのは、このようにパターン化することのできない一過性のもので、それがかなりの現実味を帯びているときである。私の見た怖い夢の中でとっておきのものを一つ挙げよう。

今から五〜六年前に見た夢である。職場（家庭裁判所）の局長室におり、次長と相対していた。次長というのは裁判所の偉いさんである。当時の次長は、ざっくばらんで気さくなのだが、ちょっと嫌みな物言いをすることがあって、私と相性が悪かった。その次長が「まあ、はせがわ君。椅子に座ってくれ給え」とやけに丁寧に言う。私は不審に思いながらも、とりあえず椅子に腰掛けた。その瞬間、「はせがわ君、君については、いろいろ検討した結果、仕事を辞めてもらうことにした」。私が凍りついたのは言うまでもない。「何でー！　確かに仕事は嫌いやけど。真面目やないかもしれんけど。それでも、辞めさせられるような事してへんのに。嫁さんも子どももいるのに」。次長はさらにたたみかける。「何でも決まったもんは決まったんや。どないもしゃあないんや」。こうなったら泣き落としでも何でもする私である。「嘘や、嘘や、そんなん嫌やー！」という自分の絶叫で目が覚めた。それ以来、次長が転勤するまで一言も口をきかなかった。

寿司

子どもの頃から寿司が大好物だ。

寿司に限らず、オムライスやカレーライス、焼きめし、ラーメンなど主食とおかずが一緒くたになった混ぜご飯系統が大好きである。いずれも子どもが好むものばかりで、私の舌もガキに負けず劣らずお子ちゃま味覚である。中年になって青魚や煮物など、味覚もアダルト嗜好に変わってきたが、色とりどりの子ども向けメニューを見るたび心が躍る。

さて、寿司である。甘酸っぱいご飯と新鮮な魚介類が渾然一体となった素晴らしい食べ物だ。大学を卒業するまで、寿司といってもスーパーの総菜売り場などで売っているパック詰めのものか、たまに出前でとる寿司桶に入ったものしか知らなかった私は、就職して自分の給料で初めて寿司屋のカウンターに座り、お好みで寿司をつまんだその日、感激もひとしおだった。ちなみに私は思いっきり田舎ものである。

「わしもこれで大人になった!」。当時、東京の研修所にいた頃で、たまの楽しみといえば寮の近所にある馴染みの寿司屋に出かけ、ささやかな幸福にひたることくらいだった。

寿司といっても東京の下町にある寿司屋なので値段も良心的であり、三千円か四千円も出せば満腹感とほろ酔い気分が味わえ、明日への活力につながる。初めて寿司屋のカウンターに座ったその日のことは今でも忘れない。

仲の良い友人二人と出かけた。まずはビール。夕食に備えて昼からほとんど食べていない。早めに銭湯にも行き、喉はカラカラである。ぐいーっと冷え冷えのビールを一気飲みする。アルコールが五臓六腑に染み渡る。うーんっ、デリシャス。セオリーどおり、淡泊なネタからつまみ始める。白身魚からエビ、ホタテ、納豆巻き、青魚も注文しよう。そして最後は一番の好物「マグロ」の出番だ。小さい頃からあの赤い美しい身を見るたび、期待に胸が高まったものだ。いっそのこと、最初から最後まで「マグロ」づくしでよかったかもしれない。

他の二人も満足げだ。おやっ? 変わった物を注文している。「トロ」だと? 色の薄い「マグロ」やないけ。カッコつけんと「マグロ」て言え。「アワビ」?? 磯臭い固いだけの貝やないけ。うまいもんのわからん奴っちゃ。友人たちは、その後も次々と、聞き慣れないネタを注文してゆく。私は仕上げに「玉子」や「カッパ巻」で締めくくる。ああ、おいしかった。寮に帰ってそれぞれの感想を話し合う。ところで「トロ」てなに?

えっ？「マグロ」のおいしいとこ！「マグロ」より高いんかい！「アワビ」は？時価てなんやねん！それってメッチャ高いいうことやろ！(怒)

食い物の恨みはおそろしい。割り勘で食べたこともあって私の怒りは収まらず、一人の首を絞め、もう一人には回し蹴りを食らわせた。それからというもの、寿司を食べに行くときは、参加メンバーを厳選するようにしている。

闘病記

うつ病になった。

平成十一年十月二十日の正午を境に、私の人生が一変してしまった。その日、いつものように昼食を取ろうとして弁当のふたをあけたとたん、すさまじい不安感とともに食事がのどを通らなくなったのである。尋常ではないと感じ、すぐに休暇をとって自宅に戻った。ずっと横になっていたが、夕方になっても体調は戻らず、結局その日はほとんど食べ物を口にしないまま、不安な夜を迎えたのであった。

うつ病というと、気分が沈滞して活動意欲がなくなる病気と思われがちである。しかし、もっと深刻なのは身体症状のほうで、とにかくしんどい。座っていても落ち着かないしだるい。寝ていても苦しい。寝付きが悪いのはもちろん、夜中に何度となく目覚め、朝方など、〝また、出勤しなければならない〟と考えるだけで泣きたくなってくるほどである。書物などでは、うつ病のことを〝心の風邪〟と説明しているが、そんな生やさしいものではない。私に言わせれば、脳の機能不全であり、様々な要因で加わった身体的、精神的ストレスに脳が必死に抵抗し続けた結果、緊急避難的に身体活動を停止させ、回復をはかる自己防衛機能である。つまり、車でいうとオーバーヒートの状態で、きちんと分解整備して調整し直せば必ず治る種類の疾病である。

私の場合、仕事がこれまでになく極端に忙しかったことに加え、私生活では三人目が生まれた直後で私も妻も気の休まる暇がなく、実家で病人が続出したことなどで精神的ストレスが限界を超え、発病に至った。この病気になると、体がいうことをきいてくれなくなる。右手を動かそうと思ったのに左手が動いてしまうというようにいえば理解しやすいだろうか。はがゆいことこのうえなく、人生終わったと悲観するほど情けなくなる。したがって、うつ病患者に元気を出せなどと励ますのは厳禁だ。がんばれるならとっくにそうしているし、がんばりすぎてそうなった結果なのだから、声をかけるとすれば、〝がんばるな。ゆっくり休養したらいい〟が正解と思ってほしい。

今後同種の病気で苦しむ人のために、うつ病で療養する時の心構えやポイントを記しておくことにする。

1　受診は早めに

まず、おかしいと感じたらすぐに精神科を受診してほしい。精神疾患となると、たいていの人がその事実を認めたがらず（私もそうだった）、ただの体調不良だ、睡眠不足だ、ちょっとした過労だと、病状を否定しようとする。精神疾患がまるで人間失格の烙印ででもあるかのようなとらえかたをする。この間、だましだまし仕事や日常生活を続けているうちに、病状が悪化してしまう。慰めるわけではないが、特にうつ病にかかる人は感受性が豊かな好人物が多いので、むしろ病気にかかったことで、神様から長期休暇をもらったくらいに考えておいてほしい。患者本人には先の見通しが立ちにくい病気なので、先行きを悲観することが増え、仕事をくびになるのではないか、近い将来路頭に迷うのではないかという、〝貧困妄想〟が生じる。

受診する際のポイントとしては、できるだけ専門病院をおすすめする。それも評判の高い医師のいる病院をさがしてほしい。この時期、本人は自発的に体を動かせる状態にないので、家族や身内などの協力をあおぐこと。近所の大学病院でもよいのだが、名医とそうでない医師の違いは、見立てにでる。診断名や薬の処方はほとんど変わりがない。しかし、患者のおかれた現状がどのようなもので、今後どう推移するか、何をしてはいけないか、してもよいかなどの判断が優れている。一般的な医者がありきたりのことしか言わないのに対して、名医は明確で曖昧なごまかし方をしない。人格的にも優れていることが多いので、ごく短時間の診察でも勇気づけられることがある。この医者の言うことを聞いてさえいれば、必ず完治すると。

2 無理をしない

何かをすること、しないこと、いずれにしても自分では決められなくなる。人混みには出られないし、会議に出て座っているだけでしんどい。食欲もないので、体重が一気に四〜五キロあるいはそれ以上も減る。体力が落ちるので、とにかく無理をしないでほしい。一日中家でごろごろしているのが理想である。一般書の中には、うつ病は三カ月で治ると、売り物にしている本もあるが、疑問である。私のように理性が完全に保たれた最も軽いと思われるうつでさえ、一年間の休養を必要としたのである。これらの本には、早起きや散歩をすすめているが、そんなことができるくらいなら自然に治っている。

最初の受診では、休養をとることや入院をすすめられると思う。私の場合、休養をとると決意するのも辛かった。毎日の勤務が泣きたくなるほど辛かったのだが、休養をとることも同じくらい辛いのである。結局だましだまし二カ月ほど出勤したのだが、ついに正月明けにダウンし、休養に入ることになった。これまで挫折を知らなかった人間にとって、こうした病気を受け入れることは死ぬほど辛かった。しかし、医者のすすめに素直にしたがってほしい。そして、やけになって自分では重大な決断（退職や離婚など）をしないように気をつけてもらいたい。完治した時に必ず後悔するから。

3　休養

はらを決めて休養をとると気持ちがほっとする。独身者は実家に帰ることをおすすめする。騒々しいのはこの病気の治療によくないが、一人でいることもあまりおすすめできない。私には三人子どもがいて、家の中は騒々しかったが、それでも出勤するよりはましだった。寝付きが悪いので、夜は午前〇時か一時頃に寝て、朝は九時頃まで起きれなかった。これまで興味関心があったことは、何一つとして楽しくないので、日がな一日何もすることがない。散歩するのもおっくうだ。寝ているかテレビを見ているかなので、一日がとても長い。ところが一カ月、二カ月単位で考えると、驚くほど早く過ぎてゆく。病状はゆっくりと快方に向かうので、気持ちばかりが焦る。例えば二カ月の予定で休養をとったとしても、職場復帰はほぼ無理と考えたほうがよいので、休職期間を延長することになる。辛い。延長した直後は、またしばらく休めるので、ほっとする。その繰り返しで時間が経過してゆく。

この間一～二週間に一度の割で通院していたが、意外にというか、通院患者はほとんどまともな人ばかりで、話をしていても違和感なく、むしろ私が一番病状が軽く元気づけられた。けっこう患者はいるんだと実感し、うつ病に対する偏見がなくなった。品のいいどこかの教会のシスターも毎週来ていて、待ち時間はいつも静かに本を読んでいた。

休養期間中に知ったことだが、周囲にやはり精神疾患で苦しんでいる人、以前に罹患したことのある人が意外に多く、精神疾患は現代病になっているのだと改めて考えさせられた。

4 心構え

医者の処方にしたがって、薬の服用は正しく行うこと。自分勝手な判断で薬を飲んだり、飲まなかったりするのは厳禁である。服用を始めると最初は眠気や喉の渇きなどの副作用から先にでる。それから薬が体になじんできて、徐々に症状をやわらげてくれる（何度も言うが、非常にゆっくりとしたペースで回復してゆくので、本人に自覚できることは少ない)。私は上記の副作用に加え、ドグマチール(抗不安剤)の副作用で書痙(字を書こうとして手が震えるので、筆記できない。面接業務が主の調査官としてはメモもとれず致命的だと感じた)が出て、それがおさまるまで半年以上かかった。精神的に追い打ちをかけられたのは言うまでもない。

うつ病の治療に必要なのは、抗うつ剤と十分な睡眠、信頼できる主治医と家族の支えである。後者は他の病気の場合にもあてはまるので、ここでは割愛する。前者について、述べてみたい。一口に抗うつ剤と言っても、大きく分けて、三環系抗うつ剤、四環系抗うつ剤、SSRIとあり、それこそ何十種類とある。薬にも相性があって、幸運にも自分に合えば劇的に短期間で症状が改善することがある。しかし、そうしたことはごくまれである。また、睡眠は病状の回復程度をはかるバロメーターである。よくなってくれば、不思議とよく眠れるようになる。それに伴い脳が十分な休養をとるので、機能が正常に戻ってくる。〝まだ本調子じゃないなあ〟と感じたら、それは多分当たっているので、焦らず休養期間を延長してほしい。治ってくると不思議と本人にわかるもので、気持ちがゆったりとしてくる。繰り返すが、早く治そうとして無理をしないでほしい。中途半端に復帰すると、病状がぶり返すおそれがある。台風の中に入ったか、交通事故にでもあったとあきらめることができれば気持ちは楽になる（なかなかそうは思えないが）。病気はどれも本人の体質も関係しているので、完治してもまた再発することがある（二度と再発したくないが）。それでも、ふだんから用心して無理をしないでいれば、かなりの確率で予防できるし、そう不自由することもない。

うつ病に限らず精神疾患になると、自分を責める気持ちが強くなる。特にうつ病になる人は繊細で人当たりがよく、生真面目で自罰的傾向が強い。弱気になって、八卦観のような鑑定や催眠も受けてみたが、どれも有益なものはなく、一番頼りになったのは主治医の力強い言葉であった。

5　回復期

一期上の調査官の先輩（大学の先輩でもある）が気にかけてくれ、時々電話をくれたり、負担にならない程度で近くで食事をしたりした。知り合いに同じような症状でやはり休職した人がいて、電話でいろいろアドバイスを受けた。その他にも、手紙で元気づけられたりして孤独な療養患者としては、非常に嬉しかった。十月に入って涼しさが増してくると、不思議とよく眠れるようになり、昼寝も含めて日に九時間から十時間くらい睡眠をとった。十二月には、翌平成十三年一月からの復帰が決まっていたが、気持ちがゆったりしており、これなら何とかやってゆけるだろうと感じていた。

復帰した当初はおっかなびっくりで、緊張感が強かったように思う。通常勤務はしばらく無理で、最初の二週間ほどは午前半日程度、その後の数カ月が午後三時頃までと勤務時間の軽減を受け短縮してもらっていた。主治医から、半年程度は対人接触の仕事は避けるようにとの診断があり、職場にもその旨の説明がなされたので、幸い周囲の理解もあって職場復帰は比較的容易であった。調査実務をしていたが、四月から交通係に配置換えがあって、事件の事務分配や講習補助など割合負担にならず自分のペースでできる仕事がいろいろとあり、時間をもてあますこともなくなっていた。

6 現況

これを書いているのは、平成十四年二月現在で、復職して一年が過ぎている。十二月から交通講習も普通に担当できるようになって、集団面接もおこなっている。今後様子を見て事件の個別配填を受けることになるが、無理をしない限り大丈夫だろうと思う。超過勤務は禁止されているので、宿日直や残業はできない。主治医から指導されている注意事項は以下のとおりである。
①自分の能力の八十パーセントをめどに上限を出し切らないこと。
②薬は欠かさず服用し、今後数年間は服用を続けること。
③酒は飲まないこと（抗うつ剤との相乗作用で意識が混濁することがあって危険）。
④睡眠を阻害することは、できるだけ避けること。

就職してから五十九キロを保っていた体重が六キロ増えた。食欲が出て、夜はよく眠れる。酒をやめたので、体調は以前より良くなっている。子どもの騒がしさや、細々としたことに以前ほどとらわれなくなり、どうにかなるさと心持ちがずいぶんと楽になった。休日は家族と一日中どこかしらに遊びに出ている。以前は二時間ほど外出しただけで、疲労困憊していたのが一日中動いていても疲れない。馴染みのペット屋に出かけて、犬を借り出して散歩をするのが楽しい。

病気になるのは二度とごめんだが、そのかいあって人間的には幾分か成長したのではないかと思う。妻は人間が円くなったと喜んでいる。余談だが、休養していたおかげでシドニー五輪はほとんどリアルタイムで観られた。社会との接点が切れることで、不登校の子どもの気持ちや落ちこぼれている人の気持ちが理解しやすくなった。休職のため昇格は遅れたが、それだけの見返りはあったように感じている。

最後に、もしあなたやあなたの知人、友人が同じような状態になり苦しんでいるとき、私の経験談を参考にしていただけたら幸いです。

いけん

景気が悪いと言うけれど

世の中不景気でにっちもさっちもいかないらしい。

でも、まわりを見渡してみると、飢え死にしている人はいないし、家庭裁判所に事件送致されてくる少年を見ても貧困から盗みをしたというのは皆無で、少年非行の多くが遊びの延長である。ものが売れないと言っても、食料品を買わないわけにはいかないし、ベンツなどの高級車は相変わらずよく売れている。そう考えると、不況の理由というのはどうでもいいものを買わなくなったり、余計なものに金を使わなくなっただけのことで、社会全体で考えるとむしろ以前より健全な方向に向かっているのではないだろうか。

ただ、飲食業関係者やタクシー運転手などの主としてサービス業務に従事している方たちのご苦労は大変なもので、三宮のいわゆる高級クラブでは軒並み閉店や値下げに追い込まれているし、客待ちのタクシー運転手によると、近距離でもいいからとにかく利用して欲しいと悲鳴を上げている。この十年ほどでえらい変わりようだ。景気の良かった頃には、ボーナスが出た折などたまに高級店に飲みに行っていたが、しけた公務員などまともに相手にしてもらえず、かたわらでは一本数十万円もするボトルやワインがまるでコーラの一気飲みでもするかのように、威勢良く開けられていた。帰り際、タクシーで近距離を頼もうものなら、嫌な顔をされ中には露骨にチップを要求する運転手もいた。それがどうだろう。バブル紳士は遠い昔のよもやま話となり、繁華街は週末でも閑散として客の多くが真面目なサラリーマンか健全な自営業者だけになっている。

たまに気晴らしがしたくて、一人でぶらっと三宮のクラブに飲みに行くのだが、店側も生き残りをかけて接客マナーを洗練させてきており、バブル期のような下品な雰囲気は微塵もなく、まことに居心地がいい。私は酒が飲めないので、一応ボトルだけ入れてウーロン茶でバカ騒ぎしているが、料金も手頃でオネエチャンも綺麗だ。結局、残っているのは景気不景気に関係なく、一貫して堅実で健全なサービスを実践してきた地道な業者だけで、彼らによると売り上げはある程度減少したものの、大した影響はないそうだ。

これのどこがいかんの？　バブルで唯一良かったことは、日本人に本物を見極める目ができたことで、今儲かっているのは「ユニクロ」や百円ショップなどの安物商売か、高級ブランドに二極分化している。つまり、実用品は安ければ安いほどよいわけで、逆に良いものが欲しい人は、高い金を出しても必ず買っている。私は欧米人が嫌いだが、けちなヨーロッパ人の金銭感覚だけは素直に尊敬している。彼らは安いから買うということをしない。使用目的や頻度に応じて素材や値段を吟味し、必要とあらば高くても買う。そして、一度買ったものはボロボロになるまで大事に使う。祖父母が長年使い込んだ高級時計などを孫に譲るとか、親子三代にわたって使用している高級家具など、昔の日本人が持っていた質素倹約の美徳が残っている。

かたや経済大国のアメリカでは、日頃たらふく飯食って、週末になれば狂ったようにジョギングやダイエットに励んでおり、真夏でも震えるほどエアコンを効かせてエネルギーの無駄遣いをしている。京都議定書は勝手に破棄するくせに、他人にちょっと殴られたからといって、親類縁者総出で相手を袋叩きにしている。国中バブルのおめでたい国である。あたしゃ原爆落として女子ども皆殺しにしてまで戦争に勝ちたくもない。不景気けっこう。景気が悪いおかげで、皆自分を振り返るゆとりが出てきた。

人としての生き方はどちらが上等か明らかだ。

心がけ

思想信条があるわけでなく、特定の宗教を信仰しているわけでもないのだが、日々の生活を円滑にかつ楽しく過ごすため、なんとなく決めているポリシーみたいなものがある。谷口ジローという人の書いた「事件屋稼業」という劇画の中に出てくる言葉である。簡潔に記載すると以下のようになる。

①喧嘩しない。②カッコつけない。③他人に親切。④知性こそ力。以上の四点である。具体的に説明しよう。私は元来向こう意気が強くて短気ときている。人の好き嫌いも激しいので、感情がまともに顔に出ることになる。したがって、本能のままに行動すると収拾がつかなくなり、対人関係に支障をきたしてしまうことになる。だから可能な限り争いごとは避けたい。道を歩いていて向こうからぶつかってきたとしても、「すいません」とすぐに謝る。謝られて腹を立てる人はいないし、たとえ変な人であってもそれ以上攻撃されることはまず考えられないからである。だいいち喧嘩をすると身体的にも精神的にもエネルギーを消耗してしまうばかりで益がない。口論にせよ、なんにせよ、よしんば喧嘩を

して勝っても、中途半端に相手をやっつけると後日必ずなんらかの形で仕返しにあうので油断ができない。お気楽な人生を送りたい私としては、いつ何時足下をすくわれかねないような状況は願い下げだ。もし喧嘩するなら、相手が二度と反撃する気がおきないほど徹底的にやらなければならないが、そうするだけの知力も体力もないし、やれば犯罪になって三食強制労働付きの閉鎖施設に入れられるので、現実的ではない。喧嘩をしない理由は以上のとおりである。

無理がたたるといけないので、カッコもつけない。知ったかぶりをしたり、見栄を張ったりすると女の子にももてない。やはり良いことは一つもない。他人に親切にするのは、自分が困った時に助けてもらいたいから。ただし、自分が損してまで親切にするつもりはない。物は使えばなくなるかいつか壊れてしまうが、身に付けた教養や知性は使い放題で金もかからないうえ、使い込むほど磨き抜かれてゆく。まさに知は力なりだ。これを子どもの教育に応用したのが私の母で、私の激しい性格を知り尽くしている母は、子どもの頃私に決して勉強せよとは言わなかった。そのかわり、頭は使えば使うほどよくなり、脳味噌が発達してゆくのだというようなことを、年齢段階に応じて繰り返して話していた。思い出してみると、体のよい誉め殺しだろうが、それに乗せられて地元の公立中学高校から現役で国立大学にまで進学したのだから、母の思惑は大したものである。

祖父の存在も大きい。亡くなった祖父は生前、私が就職するに際して「ありがとうとごめんなさいだけきちんと言えたら、世の中どこでもやっていけるからな」と一言だけ言った。小難しい理屈も何もなく、実に平易でわかりやすい助言であった。職場で少年と対する時にも何度か祖父の言葉を使ったことがある。祖父は教養もなく女好きの放蕩者だったが、生きてゆくうえでの知恵みたいなものだけはチャッカリ身につけていて、時々核心を突くことがあるのでおかしかった。残念ながらご本人は実践できなかったようだ。

公務員なので身分保障はしっかりしており、ふつうに仕事をしている限りクビになることはないし、倒産する心配もない。しかし、緊張感は保っていたいので、自営業者だと考えるようにしている。裁判所から机と椅子と電話その他を無料で貸してもらって国民サービスの仕事をしていると。すると、自然と仕事にも励みが出るのである。

いかしたジジイになってやる

退職したら裁判所とは縁を切るつもりだ。

仕事の内容や労働条件、待遇には満足している。職場の人間関係も円満なので特に言うことはない。定年退職した人の中には、それまでの知見を生かして調停委員をしたり、司法書士になったり、その他関連団体に再就職する（決して天下りではない）こともある。また、女性職員が産休に入った時に臨時的任用といって一年程度、準公務員の立場で働く人もいる。それはそれで立派なことだし、否定するわけでもないのだけれど、無事定年退職したあかつきには完全に裁判所とは縁を切りたいと思う。

放蕩者の祖父が亡くなったのが七十六歳なので、自分の寿命もなんとなくその頃までと考えている。私が退職する頃には定年が六十五歳に延長されていると思うので、余生は約十年程度である。うち、体が自由に動くのも七十歳までの五年位ではないかと考えている。そうなると、あまり時間はないわけで、くたばるまでになるたけ楽しいことをして過ごそうとすると少し工夫がいるのではないだろうか。おもしろおかしく生きることは比較的簡単で自信もあるが、楽しく生きるのには多少の知恵がいる。

年金は期待できないけれど、一日中時間だけは有り余っている。体力はないが、老練な知恵だけは身に付いている。なにせ絶対的に人生の残り時間が少ないので、刺激に満ちた日常を送るためには、とてもこれまでの生活にかかずらっているわけにはいかないと思う。裁判所と縁を切ろうと考えている理由がこれである。

日常生活にも留意する必要があろう。晩年になって我が子可愛さにボケた秀吉のようになりたくないので、精神的に老け込むことだけはしたくない。

まずは身なりだ。ジジイになると、当然に肌の色つやが悪くなる。よって、服装は派手なものほどよい。他人から見て悪趣味であればなおさらよい。季節によっても多少の変化をつける。春夏はパナマ帽をかぶり、秋冬にはボルサリーノで渋くきめる。帽子とサングラスは必需品である。ステッキなど持って、仕込み杖仕様にでもなっていれば言うことはない。老人特有の加齢臭も出るので、オーデコロンには金をかけたい。イタリアの街角に時々いるヤバそうなジジイの雰囲気が出れば嬉しい。

次に生活態度と行動傾向だ。足腰が弱るのを防ぐため、犬を飼う。ジジイは早寝早起きの習性を持っているから、早朝の散歩も苦にならないし、健康維持にもなる。子犬から飼えば躾や訓練が必要になるのでボケ防止にもなる。体の自由がきかなくなった場合、いざという時の介護犬にもなる。

車はイタリアの小型車だ。日本の小型車は妙に女の子受けするサンリオグッズみたいなものが多いので、適当ではない。輸入車と言っても、小型車ならば経済的な負担は少ないので、無理なく維持できる。イタリア車は大衆車でも格好が貧乏くさくなくて、おしゃれである。一流ホテルでも玄関に横付けできる。反射神経が衰えないよう、トバして運転したい。

きれいなネエチャンを見たら、とりあえずお茶に誘うか口説く。若気な格好をしていてもしょせんはジジイなので相手にも油断がある。そこが狙い目だ。万一親密な関係になっても、生殖機能がなくなっているので、予後のトラブルも皆無である。

町中で態度の悪い若者を見たら、かまわず注意する。聞かない時は力ずくでも言うことをきかせる。喧嘩上等である。体力がないのですぐに負けるが、時間だけはあるのでしつこく仕返しをする。将来がないので無茶ができる。下手をするとすぐに死ぬ。相手は傷害致死になってザマアミロだ。

若いモンなんかに遠慮することはない。だって、身を粉にして働いてきたんだから。ジジイになった時くらい自分の好き勝手に生きる権利はあると思う。体力のある若者はできれば田舎にでもひっこんどいてほしい。おしゃれな都会こそ、見識のあるジイにふさわしい遊び場だ。わずかな財産は葬儀費用だけ残して、あとは各種奨学団体と盲導犬協会に寄付しよう。いっそのこと、こせこせした日本に見切りをつけて、暖かい南の島にでも移住しようかとも思う。

やりたいことは山ほどある。隠居なんてクソ食らえ。でかい態度でのさばって、いかしたジジイになってやる。

いけん

いかしたジジイになってやる2

老後の過ごし方について、思いついたことをもう少し書いてみたい。

先日、「いかしたジジイになってやる」の原稿をもってM鍼灸院へ出かけ、院長と大笑いしながら、あれもできるこれもおもしろそうと馬鹿話をしていた。二人だけの秘密にするのは勿体ないので皆さんにも公表したい。

引退したら、金と暇を持てあましているが生き甲斐はない年寄りを集めて「走り屋」のチームを作りたい。本来は「暴走族」と言いたいが、公務員という立場上反社会的集団の結成はまずい。心意気だけ真似しよう。

全員大型バイクの運転免許を取得。バイクはド派手なハーレー。老人ゆえ、転倒防止のため補助輪をつけてもよろしい。揃いのユニフォームも作るが、特攻服などというセンスのないものでなく純和風でいきたい。藍染めの着流しなどカッコいい。ツーリング中にウンコをもらしても、着物なら下の世話が楽だ。老人用紙おむつだけは必需品である。

アホな暴走族のにいちゃんが、意味もわからず特攻服の背中に「尊皇攘夷」などと刺繍を入れているが、こちらは余生少ない老人ゆえ「南無阿弥陀仏」か「極楽浄土」と決める。

全員体力がなく、病気を患っている可能性も高いので、集会場所は診療所の待合室か神社の境内など、万一の時にも即応できる場所とする。深夜たむろしていると警察官から不審尋問を受けるかもしれないが、「（ボケたふりをして）帰る家がわからない」とか、「嫁にイビられる」と泣き落としでその場をしのぐ。シンナーなど吸えば死んでしまうので、お香を焚いて心を落ち着ける。

老人になると夜が早いので、走るのは週末の午後六時～八時までとする。午後九時には就寝するが、現役の暴走族が爆音をたてようものなら、寝られんやないかと怒り狂う。携帯電話で連絡を取り合い、手に手に武器をとり襲撃する。老人はいつの時代も口うるさいのである。

万一撃退に成功すればよし、たいてい返り討ちにあうだろうが、か弱い老人に暴力を加えたということで、あわれ暴走少年達は人でなしの烙印を押され地元から一掃されるか、村八分の憂き目をみることになる。死ねば傷害致死で最低でも少年院に入れられるだろう。男気のある人ならやられている老人を見て加勢してくれるので、少年達がボコボコにされること請け合いである。噂はあっという間に広まり、やがて老人の姿を見ただけで、町のならず者たちが恐れて道を開けるようになる。こうして史上最強の老人軍団が誕生するのである。

前にも書いたが、年寄りが若造に遠慮して生きる必要なんかないのだ。堂々と周囲に迷惑をかけて図太くしたたかにしていればよい。走行会では最高速度遵守。後ろからクラクションやパッシングにあっても耳が遠いふりをして放っておく。しつこい輩にはバイクから下りて取り囲み、ひたすら念仏を唱える。考えただけで怖い。気が向いたら公園の掃除や登下校の子どもの交通整理など、社会奉仕活動に積極的に参加しよう。

この年になると、連れ合いをなくした人も多いので、若いネエチャンを見たらナンパする。若い人ならさしずめ、預金通帳を片手に「僕と幸せになろう」とでも言うのだろうが、老人であるから、震える手に年金手帳を持ち、「ワシの死に水を取って欲しい」と足下にすがりつく。つれない返事でもしようものなら、「首つって死んでやる」と脅す。

日本人であるから、盆と正月の年二回は泊まりがけでツーリング旅行会に出かける。年齢から考えて、「四国八十八カ所巡礼ツーリング」や「恐山死者との再会ツアー」など御霊を弔う旅がふさわしい。なかには、ツーリング中に体調を崩して「旅行会」が「死出の旅」になるかもしれないが、その時は寿命とあきらめよう。

ああ楽しそう。ちなみに、大型バイクの免許とって新車でバイクを買っても、二百万円あればお釣りがくる程度なので、コセコセ年金ためて孫におもちゃ買うよりよっぽど楽しかろう。

これを読んだ若い人は〝何をバカなことを〟とお思いかもしれませんが、人ごとではないのです。いずれあなたもジジイやババアになって、世間から邪魔者扱いされる日がくるかもしれません。今の時代、子どもなんか当てになるもんですか。あたしゃ人間の価値は、生き様と死に際だと感じているので、年取ることなんか屁でもない。むしろ年々楽しくなっているのですよ。

情報化社会

世は情報化社会なのだそうだ。

パソコンの一つも使えなければ、これからの時代人間扱いされないような雰囲気である。気にいらない。機械嫌いの私としては、人間を便利にするはずの道具を使うのに、なんであんなに分厚い取扱説明書を読まなあかんのか、不思議でならない。操作についても同じことが言える。慣れてしまえばどうということはないが、ちょっとした勘違いでエラーが出る。エラーメッセージというやつも愛想がない。『入力ミスです。正しい操作を行ってください』などという画面が出ようものなら「おんどりゃあ、面妖な南蛮からくりのくせしやがって、人間様になに偉そうにぬかしとんねん！」と思う。機械やったら、もっと謙虚にエラーメッセージひとつにしても『ごめんなさい。もう一度正しい操作でお願いできないでしょうか』とでも言えんか？　不器用な人間をバカにしやがって！　このように私は大変ひがみっぽい。

だいたいそんなに沢山の情報がいるもんか？　本当に欲しいのは、いわゆるオフレコ情報なのだが、企業にしても国にしても情報操作が行われているので、肝心なことは隠蔽されている。顕著な例が先の雪印事件で、人命にかかわる情報について虚偽の表示をしてまで利益を優先しようとした企業の実体が明らかになった。こんな腐った会社はつぶれてしかるべきだ。別な例では、人命にかかわる自動車のリコールを組織ぐるみで隠蔽した悪質な事件があったが、幸いなことにこの企業は世界的な巨大資本に吸収合併されているので、倒産の憂き目を免れている。多分、金と力の集まる場所は、多かれ少なかれこうした悪巧みが行われているのだろうと思う。被害に遭わないようにするには、個人が自分の頭で考えて防衛する以外にない。

その気になれば、新聞を見なくても、テレビを見なくても、情報はいくらでも得ることができる。数年前からかなりの確信を持って「いまにアメリカで大きな事件が起こる」と妻に話していた。妻は相手にしなかったけれども、二〇〇一年九月十一日の同時多発テロが起こったとき、まったく驚かなかったし、バカらしいのでテレビも見なかった。他人事と考えているわけではない。現に日本だって、その気になれば自動小銃ひとつで原子力発電所など簡単に核ジャックできるし、武装した少人数で首都機能を麻痺させることなど簡単である。日本人は危機感が薄いだけだ。テロでアメリカ人が何人死んだか知らんが、日本では先の大戦の際、広島や長崎の原爆で何人死んだと思っているのか？　非常時であることを差し引いても、非戦闘員である婦女子や老人を人体実験にして大虐殺してよいという理屈はない。テロで死んでも一回こっきりの悲劇に過ぎないが、原爆など放射能の後遺症で子々孫々にまで悲劇が繰り返されているのである。アメリカが世界のリーダー？　文明国家がきいてあきれる。

テロはなくなりません。これからもずっと。テロというのは極悪非道な行為に違いありませんが、正当な意見表明権を持たない弱者の最後の手段なのですから。そして安全な場所など世界中どこをさがしたってありません。たとえホワイトハウスの中でさえ。

以上のように世界情勢に疎くても自分のアンテナさえ磨いていれば、ほぼ正確な予測ができるので、日常生活に不便は感じていない。必要性がないので自宅にはファックスもない。

ただ、子どもの教育のことも考えて、パソコンとインターネットだけは導入予定である。今後の懸案事項は個人情報の保持である。現在行われている電子通信はすべて傍受可能である。また、道路上には「Nシステム」なる監視装置が設置され、近い将来日本国中の道路網が監視可能となり、設置や管理に関して新たな利権が生じることになる。個人情報は本人が気づかないうちに当局に筒抜けになるので、自衛策を講じるとすれば、重要なことは記録化せず、すべて口頭で伝達することである。本来なら銀行口座も含めて社会的な接点は避け、信用のおける個人金融業者などとの取引に限定するのが得策である。通信手段もなるたけ原始的な方法が望ましい。伝書鳩などベターだが現実的ではないので、今後求められるのは暗号通信化の技術促進だろうと思う。

教育現場でもパソコンが導入されて、情報検索が容易になり学習効果はあがっている。しかし、うちの子どもを見ていると、マニュアルを読んで操作するのは得意でも、何か突発事項があった際にアドリブで対処する力が弱い。出たとこ勝負ができないのである。ハイテクならぬローテクの遊び道具を与えようものなら、どうしてよいかわからず、右往左往している。個性化の時代と呼ばれて久しいが、将来必要となる人材は、自分の頭で考えることのできる野戦型エリートである。

現代社会は決して情報化社会などではない。情報が重複している社会である。そして、いつの時代でも事実が公になることはあっても、真実は闇に葬られることが多い。

提案

犬好きが高じて盲導犬協会に個人会員として年会費を納入した。年間六千円で毎年更新され、年に数回機関誌が送付される。チャリティーコンサートのお知らせや盲導犬の活動報告などが記載されている。盲導犬の育成には、一頭あたり約二百万円ほどかかり、全国で八千七百頭ほどの需要があるのに、その一割程度しか供給できていないらしい。これら盲導犬にかかわる費用は、人件費も含めてほとんど寄付金でまかなわれている。欧米では、企業が慈善団体や福祉に寄付をするのが常識になっているのに対して、我が国ではお寒い限りだ。ＧＮＰが世界第二位の経済大国といっても、金の使い道を知らないのでは猫に小判状態である。日本の政治を振り返っても、いらない道路や天下り官僚にタレ流す金は有り余っているというのに、本当に必要なところには金が落ちない不思議な仕組みになっている。

そこで提案である。日本という国は、国土が狭く資源もないが、人口だけは過密状態である。そこで単純な人海戦術をとる。名付けて、「十円ボランティア」である。実質的には税金名目で、国民一人あたりにつき月十円の寄付（正確には税金であるが）を募る。これは建前上寄付なので、滞納したとしても罰則はない。金持ちも貧乏人も一律一人十円を寄付してもらう。不公平と思われるかもしれないが、国民全員に参加してもらうことに意義があるので、場合によっては「一円ボランティア」でもかまわない。生活保護受給家庭や経済的に余裕のない家庭については当然免除である。しかし、最低限十円払えばよいので、上限はない。未納入者の分はほかの誰が負担してもよい。

　考えてみて欲しい。タバコを吸う人なら、一本のタバコ代を寄付するだけで「十円ボランティア」ができる。年間通しても、たかだか百二十円だし、五人家族でも月々五十円しかかからない。本来は自発的な行為であるはずの寄付を半強制的に税金にしてしまうというのは異論もあることと思う。しかし、日本人ははるか昔から僅かな耕地に大勢で群がって食いつないできた。そこでは、個人が集団のルールを厳格に守らないと生き抜いてゆけない現実があったはずである。したがって、福祉などという生やさしい概念がなかったかわり、村落共同体的な相互扶助の考え方が浸透してきた。この考え方を国家レベルにまで広げたのが「十円ボランティア」である。

　日本の人口が一億二千万人なので、月額十二億円、年額で百四十四億円が集まる計算である。企業や個人事業主がまとまった額の寄付をした際には、その事業規模と寄付金の額に応じて税金の減免措置や銀行から低利で優先的に融資を受けられる期間限定の特典を与えて良いかもしれない。また、小中学生など義務教育の教育内容の一環として、労働ボランティアを夏休みの宿題にしたり、学校全体で募金活動などに取り組むのも良いだろう。それこそ、新学習指導要領で生まれたゆとりの時間を生きた学習に使えるのではないだろうか。

集まった寄付金は国家予算とは別会計の団体が管理運営し、組織の中枢には民間の有識者を据える。アホな役人など死んでも入れない。寄付金の使い道は、教育や福祉、慈善事業などに限定する。

以上が私の提案である。あながちバカな考えとも思えない。何より国民全体が金持ちであれ、貧乏人であれ、他人のためにボランティアをする国など素晴らしいではないか。きっと世界中から文化国家だと賞賛されるだろう。

私ならそんな国に住んでみたいと思う。

人間の条件

人間を大成させる三つの条件というものがあるらしい。

本宮ひろし氏原作の「サラリーマン金太郎」という漫画のなかにあった言葉である。その条件というのは、次のようなものだ。

①刑務所に入ること。②悪妻を持つこと。③病気をすること。以上である。

私について言えば、はからずも病気をして休職を余儀なくされたため、三番目の条件は満たしている。家に帰ると十年ものの悪妻が待ち構えているので、二番目の条件にも該当している。問題は最初の条件である。まっとうな公務員としては、刑務所に入るなど問題外であるし、たとえ堅気ではないとしても、刑務所や入れ墨とも無縁の経済ヤクザが大手を振ってまかり通るご時世では、前科前歴など屁のツッパリにもならない（確かにある意味では貴重な人生経験になると思うが……）。

サラリーマンの生涯賃金が二億円かそこいらなので、三億円まるまるもらえるのであれば、一年くらいは刑務所に入ってもいいかなと思う（なお、それ以上の期間になると、私の体力および精神力がもたない。詳しいことをお知りになりたい方は、吉村昭の名著「仮釈放」をお読みになることをすすめる。刑務所に入るということがどれほど辛いかよくわかる）。ちなみに妻にそのことを話すと、「あんたはアホか」と叱られた。妻は私と違って善良な市民である。

百歩譲っても刑務所に入るのは、定年退職後の子供らが就職結婚して独立したあとでないと不可能である。罪名は窃盗、傷害などの粗暴凶悪犯は避けたい。知的に詐欺がよい。日本の刑務所内では、不思議なことに強盗や殺人など、前科多数のこわもてがハバをきかせているようだが、犯罪大国の米国では状況が逆転する。詐欺師は「コンマン」(Confidence Man の省略形）と呼ばれ、ほかの受刑者たちから一目置かれることになる。

単純な取り込み詐欺などは別として、大企業や政府を相手にするような大がかりでスケールのでかいものほど尊敬と賞賛をえることになる。Confidence（コンフィデンス）というのは、直訳すれば「信頼」とか「信用」という意味になるので、詐欺師を表すコンマンというのは、同じように直訳すれば、「信頼を勝ち取る人」（したがって他人を欺くことができる人）となる。また、コンフィデンスという言葉には、「大胆」とか「度胸」という意味もあり、同じ犯罪者でも頭が切れて度胸のある奴ということで、尊敬を集めるのだろう。米国人のヒーロー願望が現れているのかもしれない。

老人、子どもなどの社会的弱者から金銭をだまし取る悪徳商法や霊感商法は許せないが、税金を垂れ流して私腹を肥やす政治家や、利潤追求ばかりに目を向けて社会に還元することを忘れた大企業、大した芸もないのに大金を得ている芸能人など、私としては畜生にも劣る輩だと考えている。よって万一詐欺師となったあかつきには、彼らからふんだくれるだけふんだくってみたい。そして、彼らに搾取された人に還元したいが、現実には無理なので、信用のおける団体や慈善事業に寄付することにする。

このように考えてくると、人間を大成させる条件というのは案外簡単なことなのかもしれない。すなわち、いずれも人の痛みや辛さを理解できることなのだと思う。

つれづれ

言葉

「言葉は事実を伝えるものではない。雰囲気を伝えるものである」。

どこかの偉い心理学者の話だ。心の底からそう思う。具体例を記載しよう。例えば、東京の山の手、高級住宅街に住む中年男性を思い浮かべて欲しい。美しく清楚な妻と利発な子どもに囲まれ休日を自宅で過ごしていると。実家は江戸時代から続く由緒ある名家で育ちもよく金持ちも筋金入りである。正真正銘のサラブレッドの会話である。

「今日はいい天気だね。朝食を食べたらどこかに出かけようか。横浜の中華街でもぶらついて、ランチをするのもいいかもしれない。麗子（架空の奥さんの名前）、コーヒーをいれておくれ。君のいれてくれるエスプレッソはいつもおいしいよ。今日も綺麗だね。子どもたちに早く宿題をすますように言ってくれないか。久しぶりにドライブでもしよう。おや、オチビチャンたち、ゆっくりと寝ていたんだね。ご飯を食べたらパパとママと一緒にお出かけしよう。犬が欲しいって言ってたから、ペット屋さんにでも寄ったら楽しいかもね。それともデパートへ行って、おもちゃでも見てみるかい？　二人とも成績が良かったから、パパがご褒美をあげよう」

上記の言葉とまったく同じ内容を私が話すと次のようになる。

「オオ、ええ天気やんけ。メシ食うたらどっか行くか。元町の中華街は休みの日は人多いしなあ。だるいなあ。おい（奥さんへの呼びかけ）、お前やお前、なに知らんふりしとんねん。茶いれてくれや。なんでうちは番茶しかないねん。亭主には玉露やろ、気いきかんやっちゃ。今日は化粧の乗り悪いど。せっかく出かけるんやさかい、わしのベンツでブイブイ言わしたらあ。あいつら（子どものこと）宿題やったんか。休みの日は遊ぶだけ遊びやがって、晩になったら焦って宿題やんねやろ。いっぺんしばいたらなわからへんか。やっと起きてきたんかい。メシ食うたら出るから、ちゃっちゃと着替えてババして用意せんかい。ぐずぐずすんのは牛でもする。犬欲しい？　動物やったらお前らだけで十分じゃ、ボケッ。おもちゃ欲しい？　なに甘えとんねん。アホなんやから黙って勉強でもしとらんかい！」

念のため付け加えておくが、二人とも伝えようとしている内容には変わりがない。このように言葉というものは、話す人の人格や置かれている環境、生育歴などによってまったく違った雰囲気を人に与えることになる。ああ、今年こそお上品な人になりたい。

ほら話

ほら話が得意だ。

多くは初対面の人の緊張をほぐすためにする。私は一見すると、虫も殺さぬような善人面をしているので、種明かしをした時の相手の反応も大きく、一度はまるとやめられない。相手がお笑い好きな人ならしめたもので、雪崩をうったようにギャグ、冗談の連発が待ちかまえている。ほら話をする時に一つだけ決まり事があって、それは人を傷つけないものに限るということである。本当の嘘つきや詐欺師は、十のうち八か九まで真実を語るので、隠された悪意が見破れず甚大な被害をもたらす。私のほら話は、ほとんど嘘であるが、十のうち一つか二つ真実を述べるので、最初は笑って聞いていた相手も、〝とても本当の事に思えないけれど、ひょっとしたらひょっとするかも〟と混乱する様子が楽しい。なんとも幼稚な男である。

初対面の人とはたいてい最初に自己紹介のような話題が出るので、それにちなんで生まれや育ちなど、氏素性に関するほら話をする。

「母方の叔父が南フランスで大きなブドウ園をしていた関係で、三歳頃までブルゴーニュ地方で育ちました。小さい頃なので、フランス語は話せませんがね。今でも毎年一度は静養をかねて二週間ほど叔父のブドウ園に遊びに行くのですよ。祖父がフランス人でしてね。ええ、私はクォーターなので、フランス人の血が四分の一ほどまじっています。ワインのことはよくわかりませんが、九十三年のシャトー・マルゴーは最高でした。天候に恵まれたせいもあるのでしょうね。よろしければ、一度遊びに来ませんか。ライトアップされた夜のエッフェル塔は素敵ですよ」

とこんな具合である。

他にも、サウジアラビアの第七王子であるとか、京都の名家、冷泉《れいぜい》家の嫡男として生まれたが、ゆえあって現在の両親に養育され、はせがわ姓を名乗っているとか、よくもまあ飽きもせず嘘八百が並べられたものだ。大学時代は大金持ちのぼんぼんを演じることを十八番《おはこ》としていた。

「最寄りの駅を下りたら、バスに乗ってはせがわ家屋敷前停留所で下りたらええ。せやけど、ずーっと向こうまで高い塀が続いてるだけやからしばらく歩いてや。十分位歩いたところで正門が見えるから、そこでインターフォン押してや。間違っても歩いたらあかんで。玄関までどんなに急いで歩いても十五分はかかるんやさかい。執事が車で門まで迎えに行くさかいに。今でも年に何人か近所の子どもがうちの庭で迷子になってしまうんや。広い家に住むのも面倒やな。部屋もいくつあるのかようわからんし。玄関で下女中が取り次いで、応接間に入ったら中女中がお茶出して、上女中が挨拶してから僕に取り次いでくれる。僕が私宅から本宅まで行くのにしばらくかかるから、三十分位待っといて。退屈やったら、応接間から中庭に出て遊んどいてくれたらええ。家のように見える建物は犬小屋やから間違えんようにな」

と口調や態度まで別人物となる。

しかし、上には上がいるもので、想像もつかない見事なほら話をする人がいる。この人は私の先輩調査官である。

先輩「学生時代はブラスバンド部に入ってた」

私　「どんな楽器やってたんですか?」

先輩「ホラ吹いてたんや」

初めと終わりを見てみたい

人気のある遊園地やテーマパークなどに行くと、たいてい行列ができている。三十分待ち一時間待ちは当たり前のようだ。金を払ってわざわざ来ているのに、何で並ばなあかんのんと不思議でならない。予約制にして入場制限さえすれば、家族連れが一日のんびりと過ごせるのに、儲かりゃいいとばかりに入れるだけ入れてしまう。悪しき商業主義のなせるわざである。

家族連れで行くとすれば動物園が好きだ。虎やライオンなどの猛獣系統が好きで、その美しい姿にほれぼれとしてしまう。三十分程度見ていても飽きない。狭いところに押し込められているためか、野生のたくましさをなくしているのが残念で、できれば放し飼いにしているところで一緒に遊びたい。だが、遊ぶ前にこちらが食べられてしまうので、サファリパークなどでおとなしく観光しているのが正解だろう。

旅行にしても海外旅行が嫌いだ。日本のことも知らんのに、何で外国に行かなあかんのんかと思う。できれば車でのんびりと東北か北海道などに出かけてみたい。時間をかけて、日本中隅から隅まで歩き回ることができればなおいい。そんなひねくれ者なので、ディズニーランドなどは今まで行ったことはないし、妻子が泣こうが喚こうが、これからも行くことはないだろう。子どもだましの大仕掛けはハリウッド映画の中だけで十分で、原爆を落とした連合国側の出先機関に苦労して金を落とすほどのお人好しでもない。

もしも願いが叶うなら、この世の初めと終わりを見てみたい。現在の学説では、宇宙の起源はすべてが混沌となった一点が大爆発（いわゆるビッグバン）をし、そこから始まったらしい。ものの本によると、宇宙誕生後の〇・一秒後であれ、一年後であれ、誕生後の状態は数学の微分方程式で説明できるのだそうだ。しかし、誕生のその瞬間（すなわち〇秒後の状態）やそれ以前のことは、どうやっても説明がつかないのだそうである。

一度でいいから見てみたい。史上最大のスペクタクルになることは間違いない。

ギャンブル

ギャンブルはやらない。

博才はないし、やってもつまらないからだ。競馬や麻雀などルールを覚えるだけで一苦労するものは、とてもする気にならない。パチンコに興じている人を見ても、二十日鼠が必死で輪車を回しているようにしか見えない。ギャンブルで一財産築いたという話もきかない。ギャンブルで一財産築くくらいなら、真面目に働いていたほうが楽だ。なにより、一番楽しいギャンブルを知っていますか？

それは人生という名のギャンブルですよ。

ひとりごと

最後のひとりごとになる。

ひょんなことからエッセイというか、ふだんぼやいていることを書き始めて僅か一カ月余り。これで四十本目の原稿を書いている。われながらよく書いたというか、これだけアホなことを考えていたものよとあきれている。

家庭裁判所調査官が何か書くと、裁判所の内幕ものというか、シリアスな内容になるのが嫌だったので、仕事のことは必要最小限の事柄を除いてすべて除外し、私的なものに限定したつもりだ。遊び半分で始めたことだが、文章を書くという行為は自分探しの側面があるようで、自分では意識しない意外な一面をかいま見ることができた。書きたいことは山ほどあって、また時間を置いて熟成させてから書いたらおもしろかろうと考えている。

実は数年前からふと小説を書いてみたいと思うようになった。おおまかなストーリーと登場人物も決まっている。ただ、物語に現実味を持たせるための細かな設定にまで考えが至っていないことと、ラストシーンをどうするかが未解決になっているのでそのままになっている。まあ、本業は公務員なので特に焦るわけでもなく、だいそれたことを考えているわけでもないので、くたばるまでに何か一つ物語を書ければ幸せだ。

願わくば、それを読んだ人のたとえ数人でも、一生忘れられないような心温まる物語を書きたい。世知辛い世の中には違いないが、いつの時代も夢と希望だけはなくさないよう生きてゆきたい。そして子どもたちが、優しい心を持った大人になれるよう、神様にお祈りして終わりにする。

「せかいじゅうのみんなが、なかよくしあわせにくらせますように」

平成十四年十月二十日

はせがわたかし

著者プロフィール
はせがわ たかし
現職の家庭裁判所調査官。
話好きの人情家。生真面目な一面も。
「おもしろおかしく暮らす」がモットー。

おもちゃばこ

2002年10月20日　初版第１刷発行

著　者　はせがわ たかし
発行者　瓜谷 綱延
発行所　株式会社文芸社
〒160-0022　東京都新宿区新宿1-10-1
電話　03-5369-3060（編集）
03-5369-2299（販売）
振替　00190-8-728265
印刷所　図書印刷株式会社

©Takashi Hasegawa 2002 Printed in Japan
乱丁・落丁本はお取り替えいたします。
ISBN4-8355-4550-8 C0095